SV

Friederike Mayröcker hat keine Zeit. Nicht für Resümee und Erinnerung, nicht fürs ausschweifende Betrachten und Räsonieren und erst recht nicht fürs Geschichtenerzählen. Sie hat noch nicht einmal Zeit für das Leben selbst, sofern es nicht das Schreiben ist. Was zählt, sind allein die Poesie und »die echoartigen Erfindungen« eines fast schon ein Jahrhundert währenden Lebens, die in ihren Schriften aufgehoben sind. Mag dieses Leben im Äußeren den Zumutungen der Endlichkeit aller menschlichen Existenz unterworfen sein – im Inneren und in seiner Transformation in den ewigen Augenblick wird es immer nur reicher an Formen des Erlebens: »(Die Jahre werden immer unglaublicher), die blauen, Schlitze des Himmels, bin sehr ambivalent.«

Nach den *études*, den »Fetzchen« und Splittern, schreibt Friederike Mayröcker nun ein »cahier oder Heftchen«, wie sie es nennt; es ist gleichzeitig der zweite Band einer Trilogie. In radikal konzentrierter Sprache und bezwingend schönen Bildern führt sie darin ein Leben vor, das nur einer Maxime folgt: »nicht nur das Geschriebene auch die Existenz musz poetisch sein«.

Friederike Mayröcker wurde 1924 in Wien geboren. Seit 1956 veröffentlicht sie Gedichte, Prosa, Hörspiele und Kinderbücher. Für ihr Werk erhielt sie zahlreiche Preise, u.a. den Georg-Büchner-Preis (2001), den Hermann-Lenz-Preis (2009), den Peter-Huchel-Preis (2010) und den Bremer Literaturpreis 2011.

Friederike
Mayröcker

cahier

Suhrkamp

Erste Auflage 2014

Satz: Satz-Offizin Hümmer GmbH, Waldbüttelbrunn
Druck: Pustet, Regensburg
Printed in Germany
ISBN 978-3-518-42446-9

cahier

(rechts oben »Motto« = comics)

»einen Augenblick eine Sekunde lang war ihr Gesicht weich und betrübt vielleicht zündete (sie) 1 Zukunft an usw. irgend Terminologie der Fische sasz wie Bündel auf (Klo)Brille habe die Gärten liebkost .... wie regardez, regnete heftig wie LOERKE, klebten mir an der Wange goldgelbe Korbblütler (auf Steinboden, sagst du) wie Fell wie schönes dichtes Fell der hohen Wälder, standest auf der Spitze des Hochwalds während die Korbblütler mit ihren Zähnchen auf dem Steinboden während die Tränen über deine Wangen .... es war 7 es war am Morgen es war Köpfchen der Korbblütler, wie es zitterte : regnendes Herz usw., halb liegend halb sitzend in meinem Bette : mächtige Gene. Die einzigartige Emotion während der Penetration, sagst du, ich erinnere mich, nach dem Augenaufschlagen die Adresse der Eleonore F. auf den Umschlag geschrieben zu haben : MARCH schreibend : an Marchfeld denkend (indem es 2 gegenüberliegende Orte trennte etc.) mit winzigen Schritten die Felder entlang am Saum der Felder entlang : der Feenspuk, so JD, also die MARCH wo Eleonore F. wohnte, sagst du, die Begrenzung der Seele, nicht wahr .... also was die Pelerine : die Kapuze angeht, sagst du, beobachte ich, dasz immer öfter JUNGE PASSANTEN (an mir vorüberflitzend) sich darunter : darin verstecken oder auch LATZ LATZHOSE, sagst du, es fiel mir auf dasz JUNGE PASSANTEN (auf dem Rad) während ich durch die Straszen der Stadt »den Rest des Rembrandt zum Beispiel«, oder zu Fusz diese Kapuzen oder Pelerinen übergezogen hatten, JD, mich aufzuscheuchen indem ich das gepreszte : zusammengepreszte : tote Insekt zwischen den Seiten des Buches entdeckte. Schaufelte ich in mich hinein, 1 Geste der gloire nämlich die Rosen der Philharmonie u.dgl., ich meine ich erinnere mich wie schwer es mir damals schon = 2005 = fiel, im Hotel Sandwirt die mit einer Hanfmatte bespannte Treppe in den 3.Stock zu steigen also dasz mir die Beine den Dienst versagten wie gesagt wird :

ewiglich ruft in mir die Erinnerung usw. ach um meine Atemzüge abzuschnei-

den

schlichen wir nämlich in diese Gaststätte neben der Lerchenfelder Kirche da es regnete Skabiosen regnete und wie, nadelten vor meinem Auge Wange und Kinn«

19.12.12

GEWIDMET:

beim
Kiesertraining:
meinersüßen: boxenden
mickeymouse
!

(»Adam Elsheimer's Flucht nach Ägypten«) miszt nur 31 × 42 cm ....

Maria hat genäht, Begegnung mit allerlei Tieren und Bäumen : der ertrunkene Mond, ich meine der Mond ist unter'gangen im Teich, geflügelter Mond ist untergetaucht, im Teich. Geleckt haben sie Ihn : Ochse und Maultier : da Er in Binden gewickelt = die Zierde der Büsche und Salamander .... »bete.lies.fliehe.schweige.ruhe.« = aus einer alten Anweisung für Mönche gefunden bei Angelo Giuseppe Roncalli, gesegnet seiest du mein Liebster : mein Finger an deinem Mund. Josef mit Vogelfeder Ihn streichelnd .... (nun ja in unserem Alter ist alles nur noch symbolisch) : das Verschiedene ist das Konstante, nicht wahr. Josef stiefelt in paar Blumen welche mit aufgerissenen Augen : Josef steht in paar Blumen welche mit Vogelfeder und Halm Maultier und Milchstrasze Trauerweide und Buchenzweige Josef's Fackel .... in Gottes Namen, ach die Institute der kl.Vipern, natürlich die zarten weiszen Birkenstämme, der Grosze Wagen und Kassiopeia der stürzende Abendstern .... vielleicht spielen wir Bibelstechen? bin jetzt vorsichtig dasz ich mich nicht schneide an Schilfblatt auf dem Fuszboden also Blutstropfen = rosa Blütenblatt Akelei sage ich, welche Profession am Sabbat etc.

> (»aus meinem Finale sage ich ich war befangen nun ja ich glaube es war an einem anderen Tag vielleicht vormittags oder in der Früh dasz ich 1 paar Zeilen komponiert. Es ist wie vor langer Zeit leider ist es mir nicht möglich jemanden zu treffen ich bin psychisch krank und halte es nicht aus, bitte um Verständnis aber ich kann nichts dafür, usw.«)

25.12.12

»schöne Berge weiszt du via Harmonie im Fenster vielleicht schöne Berge aber tatsächlich schöne Wolken weiszt du dasz die Träne. Die zerknitterten Bougainvilles von der Insel hoher Wald usw. die zerknitterten Bougainvilles auf dem Schreibtisch ich meine in der Farbe der Morgenröte (»vielleicht dasz er sich 1 wenig ZERSTREUE, oder ....«) dasz sich erschliesze mein Herz diese selige Wunde HINGERISSEN auf einem Berghang 1 Tropfen Tau weiszt du ach mein Müsziggang .... wie funkelt dein Auge habe in diesem Film »Tabu« einen Pelikan gesehen der regungslos auf einem Ast und blickte mich an dann bleiche Grille aus Papier gefaltet. Auch betrat 1 × nach seinem Tod 1 Grille das Fensterbrett flog herein und liesz sich auf dem Bücherschrank nieder dort blieb sie lange eines Tages ist sie gestorben zuletzt schien sie erstarrt weiszt du eigentlich Mumie wagte nicht sie zu berühren vermutlich Institut der kl.Vipern«

»da ich die Bambuszweige in diesen Tagen die Kuchenstücke mir 'reinstopfe nämlich kupierte den Schwanz des Tages = die Nacht (kupiertes Hündchen galoppierte an der römischen Sonne vorbei usw.), ich erinnerte mich an einen Strausz weiszer Rosen in einem Glase (le kitsch), an 1 Vögelchen zwischen den Seiten eines Buches : wenn ich es öffnete flatterte es hoch, an einen Blumenduft wenn ich das Fenster öffnete im Juni Matten von Fichtennadeln auf einem Waldgang in R., Assonanz seiner Zehen- und Fingernägel, krepiertes Hündchen galoppierende Rosenbüsche im Schatten der Ulmen als trüg' ich die Finken in den Wind hinein, alles wäre schöner gewesen, wärest du dabeigewesen, sagst du, ach stopftest du die Maultaschen. Sein Fusz welcher schief mit Silbertannen ach diese fieberhaften Falter, sagst du, Sterngefunkel im Feuergärtchen Goldkettchen am Weihnachtsbaum usw., gegen 6 : Schneehimmel, Blechturm, Kran : wie von Hopper, sagst du, was für Farben, sagst du, Ende Dezember, violetter KAIROS, bin verstört, 's war 1 anderer Tag dasz ich diese Zeilen (komponiert) usw. Damals als Vater in Störmede seinen Dienst als Soldat, schrieb er uns jeden Tag einen Brief : kontemplative Briefe von den Blättchen der Bäume von der grauen Unterseite der Blättchen der Bäume und wie sie sich im Winde drehten also ich weinte darüber …….. in einem Souterrain während ich mich berge geborgen fühle in diesen Polster mich berge die Augen schliesze fallend in tiefen Schlaf usw., eigentlich Angst vor meinem Eintritt ins nächtliche Verlies usw. und deshalb immer wieder wach werde nachts herumgehe in der Kammer aus dem Fenster spähe die nächtlichen Vögel im violetten Himmel verfolge, ich meine dieses Schmuckstück der Wiese …….. 29.12. dann bin ich im Sitzen schwindlig geworden ……..«

29.12.12

Neujahrsgabe für ES, am 1.1.13

»ich brauche nichts mehr ich brauche niemanden mehr. Nur diesen einen unersetzbaren Menschen dessen Hand. Ich meine dessen Hand mir die Welt erklärt ich meine sobald ich nach der Hand dieses Menschen (taste) ....«

1.1.13

»ach zündelte ich nämlich Wacholderdrossel zu El Greco's Füszen so lodernde Schönheit all deine kl.Schultern, ich dachte Sie sind eine Abendschönheit, so Michael H., so rosenkehlige Wünsche .... vor uns die galoppierende Zukunft. Die fieberhaften Falter ich war noch klein sprieszend im Feuergärtchen mein Fusz 1 wenig schief mit Silbertannen, usw. Dieses Glöckchen, sagst du, das aus einem der beiden Nasenlöcher .... hatte die kl.Locke vor dein Auge gepudert = gecurled, nicht wahr. Man hat eine Art von VISION als Schreibender : via Harmonie etwa : hatte diese ÄSTCHEN VISION über Jahre hinweg, stürmen die Grünpflanzen der Sonne zu, 2 flammende Kerzen = Schmuckstücke der Wiese, nicht wahr, dies war die Ekstase und als ich um 4 Uhr morgens aufwachte blies es in meine Kammer und ich sah alles verschwommen da weinte ich weil grosze Angst mich ergriffen hatte und ich fürchtete mein Augenlicht zu .... Walzer nach den funkelnden Bergen so Wollschläger's »Herzgewächse«. Bist 1 Träumer nicht wahr. Ich schäme mich aber die Gefühle sind mit mir durchgegangen, Francis Bacon mit weit aufgerissenem Mund sich selbst verschlingend, »du wurdest mir genommen?«, »mich hungerte nach Jean« (JD) : mich hungerte nach dir, 3 Tage und Nächte verzettelt, dann konnte ich nicht mehr vor erstikken, also war am stärksten von Trauer / Traurigkeit überschattet, sagst du, bis in die End-Kadenz, sagst du, unsere letzten Geheimnisse, sagst du, verbergen wir auch vor den intimsten Freunden / Geliebten, jemand aus unserem Freundeskreis prägte 1 gewisse SENTENZ die ich übernehme. Ich übernehme sie und bin stolz darauf sie von nun an als meine eigene zu gebrauchen .... wir wollten doch Räucherwerk besorgen, nicht wahr, in einem ESO-Laden : du und ich, und meine Kammer in welcher ich immer auf die Ausschüttung des Heiligen Geistes etc., ausräuchern und einer von uns würde die Fingerspitzen ins Weihwasser Becken tauchen und in die 16 Himmelsrichtungen SPRITZEN .... die Ärmchen aber, sage ich, hast du mir immer vernäht, damals als der Astronaut den Mond betreten hatte saszen wir im Rosengebüsch und umarmten uns, es war die Stunde

da der Astronaut den Mond bestiegen hatte dasz wir im Gebüsch der Anstalt saszen und uns liebten (die Ärmchen hast du mir vernäht usw.) Es geschah mir 1 × in der Morgenröte, auf der Packung die Blindenschrift, Rax, Schneeberg zitternd in ihrem Schnee usw., wir verbrachten den Morgen im Café Hummel Worte wie Wolken in Parenthese = Oswald Egger. Skabiose = was den Schwarm dieser Wiese angeht, in einem Souterrain oder wenn jemand mich attackierte also die Hand gegen mich erhöbe auf dem Heimweg des nachts z.B., könnte ich mich nicht wehren sondern flach auf dem Erdboden, sausen
flach auf dem Erdboden welche Wonne habe GEPINSELT. In einem nu, sage ich, weinte des nachts, Staubzucht bei Marcel Duchamp, kuckuende Vögelchen damals, Fittiche der Berge .... es dauerte ungefähr 1 Stunde weiszt du dasz ich VERSCHWOMMEN sah«

5.1.13

»anthem anthem da war ich von Trauer überschattet, kuschelten in Berlin und nämlich schmachteten. Lesebändchen im neuen Kalender : Kuhschellen im Gebirge wie die Zahnradbahn auf den Gipfel des Schneebergs, ich meine auf dem Küchenboden das vertrocknete (trauernde) Rosenblatt dotterfarben mit rosa Rand fast wie Äpfelchen, Muschelform .... »wenn die Sonne pranget« der Herr läszt's singen in den Zweigen, den KINKS gelauscht : dieser Jupiter Jubel im GRAMMO. In einem nu, sage ich, Fittiche der Berge weinte des nachts

»schreib auf was du gesehen hast : was ist und was danach geschehen wird : der Himmel hat sich zurückgezog'n wie 1 Buchrolle die man zusammengerollt, usw.«

»die mir die Welt erklärt die Hand die ich ergreife ....«

bist 1 Träumer, nicht wahr, Lianen Schilf oder Lanze : hervorsingend aus zerbrochenem Fischleib, kl.Plastikwanne mit Zitzen. Dies war die Ekstase : der Winter ist doch so ewig beinahe 1 Jahr usw., und sinnend wie Wolken zieh'n. Wie damals die Feldlerche (»allhier«) oder der Rest des Rembrandt (JD), ach schreib mir was du siehst in einem Buch usw., er pflanzte mir Küsse auf meinen Mantel tatsächlich waren es Küsse auf meinen Leib : höre ich seine Stimme blühen, wie Anemonen. Unser Winterquartier da wir das Café Sperl betraten und Valérie B. uns silbern, entgegenschwirrte .... ach Haydn's, ich war noch klein, heute langer Spaziergang mit MAMA, »alles wäre schöner gewesen«, so MAMA, »wärest du dabeigewesen« .... ich meine damals als wir in der Berliner Sarrazinstrasze wohnten, hing Marianne's weiszes Hemd über dem Weidenkorb, weiszt du, was die struppigen Vorgärten (= Patrouillen) anging schwebte der Honig Mond über Berlin. Kuhschellen über Berlin, Marianne's weiszes Hemd über dem Weidenkorb am Morgen als habe sie diesen Stern verlassen. Goldammer, mir zu Füszen, Träne quillt, Blaumeises Flügel wie Eiskristalle, eingewachsen, mit süchtigem Auge .... ach Rotkehlchen ach Zungenherz. Ach meine verblaszten Gedächtnisse, und zum eingespannten Blatt in der Maschine auf Zehenspitzen trippelnd wie zum Liebsten, am frühen Morgen um weiterzuphantasieren (meine VERBLA-

SENEN Gedächtnisse) ach Groszmutter streichelte mich : ich war noch klein : legte ihre Hand auf meinen Handrücken und ich sagte, wie warm deine Hand ist …….. nämlich der Feenspuk usw. Was diese Skabiose betrifft, sage ich, Mutters Lieblingsblume, Schmuckstück der Wiese nicht wahr (kann nichts für mich behalten plaudere alles aus. Rosenbüsche galoppierten an der röm.Sonne vorbei usw.), die Hofmanns, weiszt du, während das jüngere Veilchen = Töchterchen, auf dem Foto, mit Seidenband in den Haaren : fieberte Vorfrühling auf dem Foto : Curriculum der Sprache, weiszt du …….. (Krepp aus China, liebte ihn bis zum Wahnsinn usw.)«

7.1.13

»dasz mir Gegenstände aus der Hand (fallen) als ob der Erdboden sie angezogen .... natürlich schmeichelte, die Farbe grün dem Auge, sage ich, am Wienflusz die schreienden flaggenden Möwen wie damals am Pier von Triest : unvergessen am frühen Morgen als noch der Leuchtturm am jenseitigen Ufer im Osten unvergeszlich weiszt du, Triest, 2 Tage, das Meer umspülte die bloszen Füsze, allein, fast noch Nacht damals, unvergeszlich Triest (trist? nein! hohen Mutes, weiszt du, in welchem Leben war das, Triest die steilen Kandelaber an welchen ich mich festhielt dasz das Meer mich nicht hinausschwemme, -zerre, -flenne : ich war allein ich war noch jung was hatte ich vor damals in Triest, ich meine das Meer die hohen Laternen am Strand und wie die Wellen meine bloszen Füsze. Morgens bei verblutendem Horizont das rotierende Licht des Leuchtturms .... wie lange war ich dort gestanden am Strand oder gekauert die halbe Nacht)

> »HÄSIN« wie Elke Erb dichtete, immer dieses Schicksal über dem Haupt, mein liebes Lamm, meine verblassende Welt, weinte vom Sonnenaufgang bis zum Sonnenuntergang usw., dieser unvergleichliche Ort an welchem ich, erschauert'e, dasz es mit den Augen den Funsen den zackigen Haaren .... so Samuel Rachl, Herz Jesu auf dem display

also mich keuchend zurücklassen wird, nämlich bis zum Wahnsinn dich liebend. Ins DOMMAYER gegangen, nach der Untersuchung des Herzens ich meine Schattens, weiszt du. Und du dich erinnertest an die nämlichen Ereignisse so dasz wir beide die nämlichen Erinnerungen besaszen, wenn ich dich z.B. frage erinnerst du dich damals im DOMMAYER vor vielen Jahren und wir drauszen saszen unter den lispelnden Blättchen ich meine Wäldchen und du sogleich rufend, ja ich erinnere mich, damals im DOMMAYER unter den lispelnden Blättchen durch welche das Blau des Himmels sickerte usw.

also eingelullt der Küstenstreifen = Triest, mit Weihrauch, sage ich.

Alle Plüschtiere,

wie im Himmel,

........«

9.1.13

die grünen Blättchen waren in der Lade eingeklemmt da weint' ich sehr der Barbarazweig in weiszes Blühen AUSGEBROCHEN : was Segen bringt, mein Liebster, küsz' mich zärtlich .... ach Wässerchen schwirrte umher. Das Geäug der Blumen, die Quelle das Meer der Gecko die tiefe Grotte .... »ermattend auf getrenntesten Bergen, ... hinüberzugehen und wiederzukehren, Höld.«

»der der mehr liebt ist der Bedürftige : er steht mit ausgestreckter Hand und wartet auf eine Liebesgabe = schmiegt sich gefiedertes Blatt an Wange der Aprikose. Nun ja Wildwuchs der Blicke, ich meine Girlanden ihrer Stimme in den Lüften des Schillerparks, weiszt du, Geheimnisse preisgebend (im Rosennetz) als die Kastanienbäume zu blühen anfingen (Ulla nämlich) die Botschaft verkündend und wir schreiend über den Rasen, vor Glück, usw. Ach, ausgeschwärmt die Gedanken, weiszt du noch, die Erinnerungen, da die Flocken des Mai, Weiszheit der Anemonen, Kränze des Frühlings dein schimmerndes Auge, ach .... nun ja, zum Violinschlüssel geschlungen : 1 schwarzer Faden auf dem Küchenboden, bis tief in die Nacht dasz ich weinen muszte : Anekdoten erzählt, hatte immer die nämlichen Anekdoten erzählt bis tief in die Nacht dasz ich weinen muszte nicht wahr .... dies Bächlein wie es flutete, Blätter und Winde vor sich hertrieb, Äpfel im Laub ach Clematis im Garten also war ich am meisten von Traurigkeit überflutet, »dann konnte ich nicht mehr vor Emotion«, usw., die mit Rosen bedruckten Wellingtons standen im Stiegenhaus, weiszt du, ach das Pärchen der Wolken und Wiesen, wie die kl.Mädchen RIECHEN, wie bin ich erloschen, und ich herumirre, lasz uns einander treu bleiben. Ist etwas in mir – was ist es? wenn ich nur ausdrücken könnte was ich fühle, der Pinsel ist mir beinahe aus den Händen gefallen. Hat mir von dir geträumt? das Licht an diesem Abend so transparent dasz es war wie 1 Mondlicht = 1 Wahn : trugst moosfarbene Strümpfe und Schuhe, am Saum des Waldes :

umso mehr glühen die Partituren, sage ich, hoffe dasz es mit den Augen DEN FUNSEN den zackigen Haaren .... diamantenes nämlich Süszbusch, Blättchen schon SUPER September unter Türkenschanz, tauschen untereinander Schuhe, Strümpfe, Mützchen flüsterten Geheimcodes, im niedergetretenen Gras usw., dies Zucken der Lider (»ich war noch klein, auf dem Eislaufplatz, winters, übte den Innenbogen : Mutter stundenlang. Frierend, sah mir zu,«).«

12.1.13

»ich meine Girlanden / einfach fallenlassen den Gegenstand ich meine indem er der Hand entgleitet als habe ihn an sich gezogen der Mittelpunkt der Erde : Jasmin der Erde Innerstes der Erde ich meine als PILGRIM als Flugs oder Schnee Gedanke oder damals als die Kastanienbäume zu blühen anfingen (Schillerpark / die Horen) damals und wir schreiend vor Glück über den Rasen und ausgeschwärmt, weiszt du, als er seine Hand BETTETE auf meinen Handrücken ich meine schwebend und seine Hand über meinen Handrücken schwärmte, und ich ausrief »wie weich deine Hand« .... nämlich schmachtete in den Himmel während risz der Mond seinen Mund auf : in der Eile des Windes (zerbrach, usw.), aufgewühlt meine Seele also verhüllt, von einer Traurigkeit, ich meine der untröstliche Tag usw., Spiegel des Herzens Aurora : verzweifelt glaubte ich den Verstand zu verlieren (Hybris des Alters), stürzen die Sternschnuppen in mein Geäst, weiszt du, ach Sperling in meinem Schosz ist wie 1 Wunder, sage ich, in einem nu usw., verkrüppelt wie ich bin flaggte ich das tiefblaue (Meer) .... habe kl.Geschwister habe Inseln von Ordnung rote Seelchen von Mohn und musz immer so weinen wenn du. Hybris des Alters, bin durchgeknallt, inmitten Fliederbuschs verschleiertem Ästchen, ach und liederlich (ich) des Weges ging, ertrinke in Tränen (die rosa Spitzen der Berge / also Reseden / der Wahnsinn schützt wie das Fieber, Chris Marker, niedergebettetes Gras, nachdem ich schon ersticke ohne Ansprache, weiszt du, erinnerst du dich welche Zeit der Musze in den Feldern und Stille ....) damals ich fragte ihn »was nach dem Tod?« sagte er »wie in der Zeit vor meiner Geburt« nämlich im Souterrain. Im äuszersten Falle : NULL, usw., mit Vogelfeder und Halm, paar Blumen mit aufgerissenen Augen .... Kuhschellen in B., Beherzigungen des Lamms. Brauche kontemplatives Leben / trage KANIN auf der Haut, ach der Stern im Auge der Nachtigall usw.«

15.1.13

»sah ich dasz der Morgen in Flammen stand nämlich in seiner Zierde = in seinen Zitzen, sah ich den Feuerschein in ihrer Achselhöhle, sah die Kirschen und Sonnenfeuer in ihren Augen. Lasse mich verwahrlosen, weiszt du, sah den jg.Vater : weinend in lila Ajax, nicht wahr, oder Wäldchen .... es ist viel selig Kind zu schreiben = zu üben, dann aber unendlich viel SCHMINKE und Blumen der Luft. Nein dies ist kein Diarium nur Tischpuppe = Todesahnung, oder wie damals : ich war noch klein, saszen meine Eltern und ich, mit dem geduldigen GLÄUBIGER auf dem Cobenzl, und er mir 1 Tanzpüppchen schenkte, in jener Sommernacht also in Blumenfarben, während die wehenden Tücher im linken Auge, 17.1., bin jetzt in der kubistischen Phase, weiszt du, in Gottes Schosz ruhend : 1 Lerchengesang nämlich ich schrieb und schrieb als wollte ich den Geist aufgeben : heute morgen 1 Schlittern Schlittenfahren : heute morgen das Eintreten in 1 Bewusztseinsleere, so musz das Sterben sein also hing ich an seinen Lippen während er mir ins Herzchen wucherte, indem ich die schöne Wirrnis dieser Welt verlassend .... DIREKTER Gartenflor, weiszt du, Schick der kl.Minerven. Anekdotisch z.B. dasz das Halskettchen in den Zweigen des Christbaums hing usw., heulend (sogar) und auszerhalb des Waldesels die wehende Brust usw. Als wollte ich den Verstand verlieren, sage ich, das grüne Bandion deiner Seele, sage ich, ach eigentlich deklamieren die Büsche .... Bernadette H. sagte mir, auf welche Weise ihre Mutter starb, während an jenem Abend 1 heftiger Sturm wütete, »sie ist mit dem Sturm mitgegangen« .... Bella!, sagte er, als wir uns verabschiedeten. Alle Phänomene eingelullt, der Küstenstreifen von Triest (ich habe dir die kalten Finger behaucht weil mein Mund sowohl Wärme als Kälte entliesz, nicht wahr, auch KAUTE ich an deinen Fingern frasz deine Hand usw., taubehangen = die Schultern der Falter, irisierend und fremd die verfärbten Brauen der Landschaft ich meine wir wollten ins Café oder von einem Café ins andere : mit Kniffen. Ins Drechsler, ins Sperl, ins Café Museum, ins Dommayer, 's war Schwärmerei, usw.). Liebster Freund, im Sauseschritt : du weiszt schon : ist alles so körperlich, hat alles so körperlich' Wurzeln : alles so 1 HERUNTER FRACK : 1 Hundekriechen, weiszt du, in Bahnhofshalle, solch Blüten von STRASZ, was 1 Schwärmen war (1 Exkrement in der Muschel als ich die Toilette betrat : in der Absteige der Bohumila G., was sich mir eingegraben hat.) .... in deinem Kopf machst du viele Reisen, sagte er, aber wenn es dann ans Realisieren geht, kneifst du aus usw., »bis zum Wahnsinn liebe ich dich«, sage ich, dieser unvergleichliche unsägliche Ort, sage ich, die SPATZEN hüpfend und unbeschuht, Rosen Irrwisch und Rosmarin, die zarten Wellen. Und Welken. Des Fliederbäumchens : pustend von Sommer, nicht wahr ....«

18.1.13

»bin so apathisch aber ewiges Strömen aus den Ufergärtchen (Triest) hilflos SANTÉ u.dgl. Winziger Fichtenbaum dasz man das IDOL kaum sehen konnte (mit aufgepflanzten Ringlein an seinen Ästen, lauter Chimären, sagst du, und knickst 1 Knospe ab, winterlich durchs Parkgitter langend ich glaube Perchtoldsdorf usw.), narrte mich oder sein nackter Fusz aus dem Gärtchen flüsternd, Zeilen : die wildesten im Notizbuch, musz so viel weinen weil alles so schön ist, in der Wallfahrt des Schlafes .... Tápies gestorben, er. Wandelte in der Wiese welche 1 wenig schief, mit Sternen : zarten Blüten nämlich étoiles. Hatte vergessen, dir zu sagen, dasz meine Schriften immer nur das Idol des »Ästchens« vor Augen hatten, fieberhaft verstreute Gedanken, inmitten Meeres, von Blumen, sage ich, Ausschnitt eines Gemäldes von Fra Angelico, ach wir sanken in die Kohlweiszlinge : ergreifendes pensée, verzehrten mich : ach unersättliche Wonnen des Sternefunkelns am Himmel .... aber zum Greifen nah, die Berge zum Greifen nah, wenn die Berge zum Greifen nah am Tränen Horizont, sagst du, kommt 1 Regen, Verse von einem Schnee usw., weswegen er sein Haupt in die Lüfte tunket welche wie schattenhafte Geister, ach sagst du habe so schön geträumt von brennender Felsenwand (Heine), Blumen und Freunden, ach trockenen Auges. Wuszte nicht hatte ich diesen wunderbaren Gesang = einer jauchzenden Knabenstimme wirklich vernommen oder war es 1 Traum, »ich sehe klar und höre klar und möchte doch lieber betrunken sein« Hashimoto Kansetsu, ich meine das mit der <u>Kornrade</u> wie sie hingegossen im Flur, als ich aufwachte und erschrak. Und es war so zeitig am Morgen und die Stürme : nein, nicht SAUSTEN, nicht dasz sie sausten, ums Haus, vielmehr wüteten : grölten : kollerten im Lichthof nämlich. In den Falten der gelben Daunendecke bildeten sich die Umrisse eines Falken oder Rehkitzes nämlich ungeheuren Ausmaszes dasz es mir Angst machte = Gewölk in der Ferne : sei behütet. <u>Mir fallen die Augen zu</u> .... also erinnere ich weniger das Ereignis selbst sondern das SENTIMENT welches dieses Ereignis umgab, sage ich, milchig solch Himmelsmorgen

= WOLKEN PÜREE. Die Nächte nicht zu ertragen : Nächte der Ratte«

20.1.13

»ach Wallfahrt des Schlafes nicht wahr, damals in Donaueschingen als wir das Rinnsal nämlich die Quelle der Donau anstaunten also das Wässerchen über unsere Hände rinnen lieszen : war's Taufe, sagtest du, war's Sakrament usw. .... kann mich doch nicht um einen Husky kümmern, sage ich, wenn ich mich nicht einmal um eine Blume kümmern kann, sage ich, hätte mich gestern der Autobus 13A fast überrollt, sage ich, wild und Kotzebue : Name eines Weiszweins, Falters. Zündelte mit meiner Zukunft. Als du brütt geschrieben hast, so Ulla-Mae, warst du on top, mit jedem weiteren Buch das du geschrieben hast, ist es dir gelungen, diesen Gipfel immer wieder zu erreichen ABER NICHT DARÜBER HINAUS .... jeden Morgen mein Malbuch aufgeschlagen und viel gemalt = geraucht, brauche kontemplatives Leben : keine Aufregungen keine Veränderungen, Beherzigungen des Lamms (Goldauge gerissen mit Schleier), »den Stern im Auge der Nachtigall«, ach im tiefsten Winter des Waldes, verhüllt, sage ich, rot des Adonisröschens, das Ansetzen einer hl.Knospe .... nun ja im vergangenen Mai war es dasz ich dachte »jetzt wird kein Schnee mehr fallen«, ich meine es war etwas endgültiges, die Vögel .... ich meine es war aber noch kalt usw. wie schafft ihr es, sage ich zu den Meisen und Finken, den Winter zu überleben .... ach seien Sie gegrüszt, von Ihrer Lebenswolke = Wässerchen von den Bergen, schreibe ich an Anne Bennent, wo beginnen? als ich Sie im Wartezimmer meines Arztes. 1 Text von vor etlichen Jahren, auf dem groszen Platz AM HOF von Ihnen gesprochen, viele Worte hatte der Wind vertragen so dasz ich den eigenen Text nicht verfolgen konnte, und es war so eiskalt gestern abend und ich ging rasch auf und ab, und ich fühlte mich zurückversetzt an einen frühen kalten Morgen am Meer in Triest, das Reden ist freilich eine Ablenkung vom Eigentlichen = vom Schreiben, nicht wahr. Ely unmittelbar nach der Kreuzabnahme feiertags, sitze ich im Bahnhof Restaurant bestelle Kaffee lese in Roland Barthes' ÜBER MICH SELBST. Es braucht so 50, 60 Jahre sich selbst zu erfahren : erfinden, nämlich »Klein Phantasie« auch Hündin ist gleich Plunder, Lieder z.B. wären mir eingegangen, vor dunkelgrünem Gehölz usw. (24.1.) freue mich schon auf gemeinsame Tage und leiernden Mondschein, wollen wir diese weiszlichen Büsche vom Fenster aus Waldrebe oder Schnee (der erhitzte Künstler)

oh welkende Zeit. Maiglöckchensträusze oder wo Hirtinnen«

24.1.13

»einmal sagte er, neben mir sitzend, wenn ich alt bin, eines Tages wünsche ich mir Gedichte zu schreiben : zarte leichtfüszige Gebilde nicht wahr«

für Peter Handke
27.1.13

»ausrief, wie weich deine Hand usw., ich meine schmeichelte in den Himmel während der Mond hochschwebte nämlich, in der Eile des Winters (zerbrach) mein Gemüt usw., mein Gemüt nämlich, sage ich musz sich auflösen wenn ich schreibe. Wenn es das nicht tut oder kann ist alles Lüge : man wird bestraft durch Krankheit oder blinde Vergeblichkeit .... so Fahnen weiszt du vor meinen Augen weisze Fahnen. Ich wehrte mich nähen zu lernen, JD, mit viel Windel. Können wir einander einen Tag nicht sehen, bin ich in Trauer und ertrinke in Tränen, milchig solch Himmelsgeschehen, ach bin so kläglich mit einem INRI schreckte es mich aus dem tiefsten Schlaf usw.«

für Edith S.
27.1.13

»ist es denn recht fragt sie, dasz ich meine Tochter liebe wie einen Geliebten sagt sie dasz ich sie liebe als sei sie mein Geliebter : den ganzen Tag schon in Vorfreude sie wiederzusehen. Während sie dann an mir vorüber, ANPEILT 1 fremdes Gesicht dasz ich ausbreche in Tränen, nämlich«

für Elisabeth von Samsonow
27.1.13

»der Papa zittert oder Hund wird Sessel : Sessel Hund, immer ist einer von beiden der mehr liebt, sagst du (30.1.) über die Eiserne Hand zu den Ahornbäumen schlieszlich hinab ins Tal wo die kl.Wirtschaft wo ich das Abendessen zu mir nahm. Habe die ganze Nacht komponiert ach dieses zitternde Grün im Fenster als ich vorüberhuschend, am Morgen, irgend Rispen Blättchen und butterflies (»das erzähl' ich dir lieber nicht«, sagte er, Ästchen welche sausend die Farbe deiner Augen, trugen, sagte er) .... im kl.Lokal in der Seegasse, wo du mich küsztest während der zarte Regen. Dein jüngster Brief vom 6.November mit dem roten Licht im Hintergrund vermutlich Abendrot ich meine dieses Fühlen der Schnee Landschaft usw. Eleonore F. mir ein Haiku geschickt : »Die Glocke verklingt – der Blütenduft steigt herauf, das ist der Abend« (Bashô), also verstehe ich dasz das welches so leuchtet die SEELE ist, befinde mich jetzt in der kubistischen Phase, schaufelte in mich hinein Rosen der Philharmonie usw. Ach wie grosz meine Vorfreude = Ungeduld war, er würde nachts (nach der Veranstaltung) kommen ich hielt es kaum mehr aus es ging schon gegen Mitternacht ich legte mich weinend aufs Bett in meinem lilafarbenen Kleid : endlich läutete es und er stand in der Tür ich war magnetisiert .... du liebes Lamm du verlassene Welt, »winter my lovely« .... bis zum Wahnsinn liebe ich dich, sagst du, dieser unsägliche Ort : Rosen Irrwisch und Rosmarin, die zarten Wellen und WELKEN, des Federwäldchens, pustend von Sommer,  Herz Jesu auf dem display erinnerst du dich unter dem Laubdach der lispelnden Ästchen im Gasthausgarten des DOMMAYER : durch welchen das Blau des Himmels sickerte usw.)
.... Kropf der Klomuschel, gebe mich der Zerrüttung hin. 1 Weisz in den Bäumen, im Stubenwinkel verglüht mir die Zeit«

30.1.13

»stosze an Gegenstände an dasz sie umfallen .... es würde mir nichts ermangeln ach des Himmels Gefunkel, damals war ich in Graz in einer kl.Gesellschaft also die BOMBER HOSEN, sage ich, war verliebt in .... aber er ging mir aus dem Weg : ich wurde dünn und wenn ich an den Schaufenster Puppen vorüberging kam ich mir vor wie im Vergiszmeinnicht Fieber : Ästchen welche sausend die Farbe seiner Augen annahmen, 1 pastellfarbener Himmel DURCHSAUST von einzelnen Wintervögeln usw., dasz mir die Tränen. Eben da ich den nächsten Gedanken aufschreiben wollte jagte er hinweg – war es nicht als ob mein Kurzzeitgedächtnis in jeder Sekunde zwinkerte während das Feuerwäldchen .... während er des Feuerwäldchens blaszblaue Rosetten ich meine ANSTIFTETE = (»le kitsch« usw.), irgendwie erinnere ich mich dasz es auf dem Cobenzl dämmerte oder tiefblau donnerte im Vorfrühling. Jesus Maria rief Ludvík Kavín als ich ihm KABELTE dasz ich nicht kommen könne weil krank, usw., ach, funkelte in Vergiszmeinnicht als wir auf dem Zentralfriedhof : brach in Tränen aus weil vergreist : und alsbald dort landen würde zwischen Vergiszmeinnicht und Anemonen, nun ja als ich vor 13 Jahren ihn begrub liesz ich mich in sein Grab fallen mit einem Vergiszmeinnicht Sträuszchen in meiner Hand ich meine irgendwie kann ich mich nicht mehr in diese Gaststube der »Prinzessinnen« setzen (weil vor Kälte zitternd) .... bei der gynäkologischen Untersuchung sagte er, ich mache es nur mit dem kl.Finger, und er zeigte mir seinen kl.Finger. Das war 1 Passion, sage ich, sich den H. mit den Fingern (abwischen), das war 1 Passion den Mt.Blanc jeden Morgen am Horizont aufgehen zu sehen, mit Kniffen, sage ich, das Brausen der Landschaft, Winter '71 schrieb er mir »habe 1 schönes Quartier in Zehlendorf aufgetrieben, es gibt auch einen netten Hund : du wirst dich wohlfühlen« .... nun ja im vergangenen Mai war es dasz ich dachte (in meinem Feuer Gehäuse) jetzt wird kein Schnee mehr fallen, kein Vögelchen ich meine es war aber noch kalt, usw., die Empfindungen, weiszt du, sage ich, für welche man keine Worte findet wie einst Mutter vor ihrem Abschied sagte »diese Empfindungen für welche ich keine Worte, je mehr Empfindungen desto weniger Worte«, das sagte sie nämlich vor ihrem Tod, usw., diese Wasserlandschaften, weiszt du, ach diese Wässerchen vor ihrem Tod in ihren Augen (die ihre Blumenfarbe verloren hatten damals, vor ihrem Tod). Diese Weltentwürfe, sagst du, was einer für einen anderen sein kann, sagst du, einer kann für einen anderen das Himmelreich sein, nicht wahr. Ohne dasz sich der der für einen anderen das Himmelreich sein kann dessen bewuszt ist. Ich meine schmachtete in den Himmel während schwebte der Mond nämlich in der Eile des Windes (zerbrach) mein Gemüt usw.«

31.1.13

»1 Geste der Glorie, heute 2.2. = Maria Lichtmesz (erlöse uns oh Herr) die Kerzen am Christbaum sollen heute zum letzten Mal angezündet werden, sagst du, nämlich die Erbarmung des Leibes. Alles so durchsichtig, erkennbar, aus einem Schatten treten Worte und Sätze hervor, sagst du, etwa tränen die Augen im Wald, rufen wir unsere Namen aus, rufen wir nach einander weil wir uns verirrt haben. Das Innere deiner Hand, Krähe durchschneidet die Luft, sagst du, wie 1 Traum über den Dächern 1 schwarzes Gewölk .... alles Platitüden, Kästchen mit Heidelbeeren von Rauhreif Seide bedeckt, sagst du, Ästchen, sagst du, Wäldchen lispelnd von Weihrauch, ich meine im Mai sagte ich mir, jetzt wird kein Schnee mehr fallen ach die Vögelchen. So haben wir also diesen ganzen Winter durchgeschneit, sagst du, wir hakten die Tage ab (wie einst Mutter, noch ehe der Tag zur Neige) wenngleich es die letzten hätten sein können das wäre uns 1 Leid gewesen, schon kündigte die Flamme des Februar sich an. Weiszt du noch : stiegen die Treppe zum Alkoven hoch im Rüdigerhof, Nachmittage, Nächte lang, mein Liebster : ach dein Fräckchen dein blondes Haar .... im Stubenwinkel, 1 Weisz in den Bäumen, verglüht uns die Zeit. Dieser unsägliche Ort, sagst du, damals in Südfrankreich sagte er, wenn wir Glück haben mit dem Wetter, werden wir morgen früh den Mt.Blanc am Himmel aufgehen sehen, in der Ferne der Villa, nämlich, ohne es gekaut zu haben schluckte ich das Kuchenstück hinunter. »Du bist mein täglich Brot«, sage ich zu ihm. »Gibt es noch diesen Uhrmacherladen an der Ecke«, sage ich zu ihm, »so vieles hat sich verändert : ich gehe ja kaum mehr aus, usw.« Henne mit gloire oder Glorie ach er liebkoste den Garten .... wie, schwebte der Mond : des Himmels Gefunkel, aber die Eile des Winters (zerbrach) mein Gemüt, usw., süchtige Pelze, die Güte der Menschenseele etc., Morandi, Die Krüge. Manchmal wie 1 Tuch = wie 1 Taube vor den Augen .... wie weich deine Hand ich schmachtete in den Himmel, nämlich im Gefunkel des Winters zerbrach mein Gemüt, 's Wässerchen von den Bergen, Maiglöckchen Sträusze wie Hirtinnen .... wir wanderten zum Ursprung der Donau damals, welche in Donaueschingen entspringt, sagst du, ich meine diesen Quell lieszen wir über unsere Hände gleiten, dann unter den Kastanienbäumen : also halluzinierend (STENO) mit trunkenem Angesicht zogen wir unter den Kastanienbäumen hin ich meine es war Frühherbst im Taufbecken des Donaustromes wir rezitierten einen russischen Dichter, unsäglich wie mir die Träne rollt usw., »so gib unschuldig Wasser, o Fittiche gib uns, treuesten Sinns hinüberzugehen und wiederzukehren.« (Hölderlin)«

3.2.13

»das letzte Traum-Bild in einer Kette von Morgenträumen : 1 Mann in einem Wald auf einer Böschung sitzend : sein Kopf von riesigen grünen Huflattich Blättern eingerahmt so dasz er nicht auf den Computer in seinem Schosz blicken kann. Es ist nicht zu erkennen ob er die Tastatur betätigen kann, ob er überhaupt Arme besasz. Er schien eine Ähnlichkeit mit einem Waldtier zu haben, ich nannte ihn Felix während der Wuchs des Forstes, ihn UMZITTERTE wie 1 Litanei, also weinte ich nachdem ich das Traum-Bild gezeichnet hatte : es rührte mich vielleicht an Kafka's Schriften gemahnend .... ich zeichnete CIRCA halbe Stunde an diesem Traum-Bild, dadurch : nämlich durch das Salz der Tränen : begann die empfindliche Haut um die Augen zu knittern. Es knisterte im Wäldchen (des Schweizer Gartens) ich meine Heinz Schafroth hätte seine Freude daran gehabt, nun ja. Blickte man auf den Bielersee = zu Füszen des »living-room's« glitzerten und blitzten die Wellen des Sees dasz meine Hand zum Schutz der Augen : so unbedenklich nicht, ich meine die Glut der Sonnen Wildnisse UMBRANDETEN mich usw., (»der Achi : die Alte Garde«) = ich beschattete diesen Gedanken mit meiner Hand. Ach verweinte Kolchosen = Klamotten, der blaue Morgen wie schön die Collagen der Wolken, Schraffuren der Vögel (5.2.) .... mir träumte von Wasser in einem Becken das überzulaufen drohte = Bedürfnis Wasser zu lassen, Grasbüschel zwischen einer Handvoll vertrockneter Heidelbeeren, sage ich, wo ich fieberte leicht wo ich das durchgebogene an den Badestränden ich meine wallendes Angesicht wie die Träne rollt. Unsäglich manchmal wie so 1 Tuch vor den Augen. Bin so apathisch jedoch, ewig heulen in Libersträuchern, nach dem Spaziergang in der Allee von Donaueschingen als wir die Betäubung empfingen und wir anfingen, Verse in die Herbstluft emporzufiebern .... während das SENTIMENT : Spiegelung eines Geschehnisses am Ursprung der Donau : Wässerchen welches wir über unsere

Hände strömen lieszen, bin underdog, weiszt du, endlich versinkend (der kl.Löffel) in einem Apfelmus usw. Ich meine Gladiolen deren Stimme in den Lüften des Schillerparks, Geheimnisse preisgebend.

(Hast du POSTAMT gespielt damals? diverse,
Zähne zum Herausnehmen, nicht wahr)«

5.2.13

der Wuchs des
Forstes

»Thallo : Gefühl des Blühens ach Herzsprache, sagst du, Wuchs des Forstes 1 Ultra Schall. Gingen oft ins GLORY wo sonntags und feiertags 1 alter Geigenspieler musizierte, schnäbelten : 2 kl.Schwäne auf meinem Tisch die blumenumrankte Steiltreppe (etwa) und während ich mich emporzog ins Grüne = Kopien von jg.Schwänen .... war in Verehrung dieses Dichters : da ich diesen Dichter las, auch HÄSIN welche in der Ecke stand des kühnen Tableaus. Während dieser Prosafrequenzen mich plötzlich dürstete nach Gedichtschreiben (ach Distelbusch : nicht ins Haar!). Hast du mich laut bei meinem Namen gerufen? dasz ich erwachte, wie schön die Schraffur der Wolken Lust, als ich klein war versank ich in einer Wiese. Die Phantasien der Nacht : hast du in der Früh meinen Namen gerufen? bin aufgewacht weil du mich bei meinem Namen (gerufen hast, usw.), Collagen von Wolken um deine Stirn du bist mein einziger Trost .... bestickter Morgenmond damals als wir durch den Wertheimsteinpark wandelten, an den Jasminbüschen vorbei, Mütze von Wind usw., gewisse Permutations Techniken in meinen Schriften, mit einem Greifstöckchen hob er Gegenstände vom Fuszboden auf, stiefelte durch Maiglöckchen, Ufergestrüpp, würde gern wieder ins »Kleine Café« (Franziskanerplatz), man behandelt mich wie 1 Kind usw., als ich klein war sasz ich im Leiterwagen, in D., liesz ich mich ziehen von Mutter. »Das linke Auge liest nicht mit«, so Vater, sie sei in sein Bett gestiegen das er vor Stunden verlassen hatte, so war sie in seiner Nähe. Wir rasen auf Ostern zu, habe einen Ginko gesch., durchschaut man die diversen Eitelkeiten der Freunde, da ist 1 Freund der hat sich vertraut gemacht mit unseren Gewohnheiten und Gedanken .... nun weine nicht mehr mein Liebster aus dem GRAMMO die Klaviersuiten von Händel 1 trüber Tag. Ach anstiftete Federwäldchens Seele, mich anstiftete deiner Augen (»le kitsch«) in der Farbe blaszblauer Rosetten. Zu phantasieren, während des Federwäldchens Atem anstiftete sausend, mich, die Farbe blaszblauer Rosetten deiner Blumenaugen zu sehen. Zerrinnend das Auge und wehend o Clivia, der Nimbus nämlich : Neckarflusz, das Geäst im Regen »Söllerchen« bewegte Träume wir tollen über den leergefegten Atlantik (fummelt Komma, Gedankenstrich) wir stehen gerade mit den Fahrrädern am Atlantik inmitten, wilder Lupinenpracht usw.«

8.2.13

»was für liebe Ohren du hast, irgendwie Amorette, da liesz sich der Singvogel blicken in Schwärmen, wie 1 NEBEL .... die rosa Lilienthal Tasse glitt mir aus den Händen fiel zu Boden : zersprang ich war baff war ganz baff dieses Wort aus vergangenen Jahrhunderten klebte wie geringeltes Haar an der Bettdecke (das Exkrement war geflochten) ich war baff als du vorzulesen begannst über Nacht war die Schnittwunde zugeheilt. Die Rüschen Büsche und Sträucher anrennend damals in R., als wir durch die Lüfte, segelten, aufwärts stolpernd beflaggt, weiszt du, die Kamera zückend, damals in R., nachdem wir eine Unterführung passiert hatten, STOLZIEREND nämlich während die Weiszdorn Hecke welche uns aufspieszend : indem wir in die Weiszdorn Hecke uns stürzend, damals in R., während die Blüten der Weiszdorn Hecke dann auf unserem Leib abgepaust waren ....

> Mütze voll Schlaf. Hör mir zu ich will dir meinen Traum erzählen : in einem Zaren Palast wurde ich ausgezeichnet mit Himbeeren gesüszt das Getränk der den ich liebte, mich nicht wiederliebte Blueberry Hills, diese bittere Wolke Wolke von goldblondem Haar usw. schon marschiert das Genossene den Leib hinunter, 12.2. tiefer Schnee, konnte wieder laufen (im Traum) wie Hunde dahinjagend vergrabe mich in Bennington's Porträt des JD .... wieso hast du gewuszt dasz es sein Schwanz war an dem seine Krankheit ausgebrochen war, in der Frühe der nicht genossene Schlaf drückt mir die Lider bebendes grünes Laub, Baudelaires der Sehnsucht (»le kitsch«) mit Himbeeren gesüszt das Getränk usw.

Dann kam der Koch und brachte 1 zweite Portion Kartoffelbrei er kam ganz nah und sagte »hier 1 Supplement«. Nun ja um es poetologisch auszudrücken gab es in jenem Buch nur schiefe Bilder es raubte mir die Lust irgend weiterzulesen nämlich dasz ich mich so ABGEBILDET sah (wie Schäferin usw.) Sie liesz sich etwas glitzerndes träumen tatsächlich hatte sie sich vorgenommen sich etwas glitzerndes träumen zu lassen ....

und seiest von solcher Zierde : fleur und Grasbette im Wiegendruck deiner Empfindungen usw.«

13.2.13

»habe jetzt einen Garten in meiner Küche einen kl.Matisse im Wäscheschrank usw., hast mir einen Korb Traubenhyazinthen 1 Töpfchen Märzenbecher geschenkt : und seien von solcher Zierde fleur und Grasbette, deine kl.Schultern ich meine Haydn's Hainbuche und trophy in den Alleen ich meine Asyl und Kroko, Ataxie einer Natur welche schwankend vor meinem Auge, gezacktes Vögelchen verweinte Klamotten der blaue Morgen wie schön die Schraffur der Wolken, würde gern wieder ins »Kleine Café« (Franziskanerplatz) .... mit einem Knall war der Traum weg ich war baff ich war im Traum eingeschlafen ich war im Traum aufgewacht, woher nimmst du DAS FLEISCH DES GEDICHTS, fragtest du damals aber ich wuszte es nicht, EvS gab gern diese Anekdote zum besten : wie wir einander kennengelernt hatten damals in einer Eisenbahn (mit dem Hündchen Heinzi auf ihrem Schosz usw.) ....

besoffen ach 1 Rose
Sichelmond WAXEND bin
sehr verwildert als flöge
ich : 1 Blutstropfen kl.Zirbe :
Bett in welchem Goethe starb

circa Fortsetzung unserer Träume und Tränen aus der vergangenen Nacht ach in unwahrscheinlicher Weise am offenen Fenster lehnend, haben im Stehen einander umschlungen : Frühlings Äste von Bäumen in einander verschlungen, sagst du, und jedes Jahr die gleiche performance. Alles so uferlos Phlox oder Fetisch bin sehr verwildert, man bräuchte etwas Vor-Geschriebenes = Vor-Gedachtes, wir standen mit unseren Rädern vor der Brandung des Atlantik als der Anruf von zuhause kam, allerliebst kauernder Akt am Geländer = Francis Bacon .... Landschaft mit Rind = Rind vor Getreidefeld usw. Während bläue und fortissimo der Gefühle, sagst du, die Thaya jagte dahin, im Dämmerlicht usw. In meinem Asyl oder Kroko, ich glaube es geht weiter :  (zirpet), mein Fladenbrot, einmal verflog sich kl.Vogel in KALMUS, nun ja hatte Staubzucht in meinem Quartier«

15.2.13

»die geflochtenen, Exkremente nämlich, ich begann zu zerfallen : Les Murray, die Jahre graben sich in mein Gesicht, an deiner Hand nämlich an eisigem Hemdchen durch's Forst Gezweig an deinem blauen Geheg' usw., die Wolken wie Mai Blüten in deinem Schosz, aufgeblüht (die Märzenbecher aufgeblüht in der Nacht, weiszt du), jetzt ist alle Welt einerlei. Und knallten in 1 vornehmes Lokal so dasz wir uns selbst vornehm vorkamen, ich meine beseelt : und fast erstickten mich diese BOUQUETS da Marcel Beyer mich nach Hause führte = begleitete wie Jean Genet's Paradiesgarten .... während die aufgeschlagenen Blüten-Augen der Hortensie (wie Ann Cotten's Vexier Blüten der Sprache, nicht wahr nämlich an den Blüten der Augen). Mache ich Anleihe bei eigenen einstigen Texten also in einer Eisenbahn als wir SCHMUSTEN : mit dem Hündchen Heinzi auf deinem Schosz usw., die Wolken wie Mai Blüten auf üppigen Bäumen im ROSENGARTEN. Hatten wir uns in einander verknallt : als diese jg.Triebe der Kastanienbäume (abgeschnittenen Äste) im Rasen liegend des Burggartens und wir 1 paar Zweige nach Hause nehmen wollten um jenen Vorfrühling (zu feiern) während gezacktes Vögelchen .... man trifft sich etwa, im Café Rüdigerhof wo etwas Rehe. Fast erstickten mich diese BOUQUETS nämlich ihr Duft, Jesus Maria, so Luvík Kavín es würde mir an nichts ermangeln wenn du. Immer am Abend = abends Abschied zu nehmen am Morgen = frühmorgens einander umarmend, verflog sich kl.Vogel in Kalmus = Schreibwerkstatt, fand nicht ins Freie .... damals sagtest du »hast Augen wie Adler etc.«, bebendes grünes Laub (der Sehnsucht) : »le kitsch« mit Himbeeren gesüszt Getränk eines Traums : 1 Geste der Glorie. Ach Schlafharmonik befinde mich jetzt in der kubistischen Phase, sind dann die Eiserne Hand hinuntergegangen sind in kl.Dorfgasthaus eingekehrt .... er hat nichts gesagt er hat nur gesagt »ich lechze nach jeder Zeile von Ihnen wir kalligraphieren wir fotografieren Ihren Text«, es hat mir früher immer das Herz herausgerissen aber jetzt ist alles einerlei, weiszt du, manchmal so 1 Tuch vor den Augen, unsäglich wie die Träne mir rollt, diese (meine) Spurlosigkeit weil niemand mir zuhört, also schleifen (schlittern) im Schlaf : im Kirchenzimmer. Und ist alles bequem : die Wolldecke über den Knien und das Arbeits Motiv auf der Teetasse »bunch of forget-me-nots« usw., ich erinnere mich dasz es auf dem Cobenzl dämmerte oder tief donnerte, also kommt es nur auf die Transzendenz, der Worte an, usw.«

17.2.13

»bin untröstlich, kann ich dir nicht die Neuigkeiten berichten, sagst du, wenn die Meisen Turteltauben und Finken : mein einziges Begehren, in den Ästen der Trauerweide gucken und hüpfen und ich sie in meiner Muttersprache : dem Französischen anspreche. Du liebst mich verstehst mich wenn du den abgeräumten so erbarmungsvollen Christbaum in meinem Zimmerchen stehen läszt welcher so zündelte : züngelte usw. Die Reseden an deiner Stirn dein Angesicht brannte, auf dieser Fotografie waren halbe Föhren = Ottomane .... biszchen Langmut. Irgendwann geht es dann nicht mehr und man will nur noch schlafen, während im Stubenwinkel verglüht die Zeit, erinnerst du dich, sage ich, an unser Gespräch : »wir gehen lange im Dunklen aber dann bricht eines Tages die Knospe auf und wir erblikken das Licht« : circa Allerweltsspruch? diese Schneerosen in Deckweisz .... ich war baff ich war ganz baff, was für liebe Ohren du hast das Innere deiner Hand, 1 Krähe durchschreitet die Luft, so haben wir also diesen ganzen Winter durchgeschneit, sagst du, dasz du durch diesen Winter kommst ohne zu stürzen, Ästchen Wäldchen lispelnd von Weihrauch. All deine kl.Schultern, in meinem Asyl oder KROKO ich glaube es geht weiter : Herz zirpet .... mein Fladenbrot immer längere Ruhepausen auf der Ottomane, ich meine Linde Waber mit Deckweisz die Blumen (unter der Schneedecke) angemalt süsze Märzenbechers Vögelchen weiszt du (gelbe Wellensittiche), »le kitsch« gebe mich der Zerrüttung hin im Stubenwinkel verglüht mir die Zeit, fast erstickten mich diese BOUQUETS als Marcel B. mich nach Hause FÜHRTE damals die Blüten Augen der Hortensien sich öffneten usw., war so beseelt, als die tiefe Nacht, hereingebrochen war ich dachte in meiner Seele in Venedig (als die tiefe Nacht, hereingebrochen war) .... die Weltliteratur auf dem Fuszboden, Tante H. mit 90 noch Wallungen.«

(was da imgange ist, weiszt du, die schwarze Schärpe. Du warst bei mir aber ich war nicht bei dir immer hast du mich gefragt zu dir zu kommen aber ich gebrauchte

Ausflüchte warum ich nicht kommen könne .... du lagst an meiner Seite ohne mich zu berühren : es war als wolltest du (mich) panisch erst lernen dasz das welches so leuchtet die Seele ist)

22.2.13

»in 1 Buch versunken. Ich war baff ich war ganz baff, du hast diese DECKWEISZ Blumen gemalt = erfunden diese Bällchen von Schnee auf dem Kippfenster, die Wolken die Wipfel wie Mai Blüte, in deinem Schosz usw., in der Kölner Bucht, im Rheintal ist es wärmer als hier oben im Gebirge – nun ja, ein paar Grade wärmer, damals die Weidenzweige mit den Blättern, nach unten hängend, als die tiefe Nacht, hereingebrochen war ich dachte in meiner Seele (in Venedig) dasz die tiefe Nacht, hereingebrochen war, dann die Eiserne Hand hinuntergelaufen in einem kl.Landgasthaus gerastet, fast erstickten mich diese Bouquets, ich habe deine Stimme gehört aber du warst nicht da, ich meine ich habe tatsächlich deine Stimme gehört indem du die Tür öffnetest, ich war beseelt du warst mein einziger Trost .... ich war konfus und bewegt, »Bella!« sagte er als wir uns trennten, im vergangenen Mai war es dasz ich dachte »jetzt wird kein Schnee mehr fallen«. Das Denksystem der Mädels nämlich (24.2.), als die GRAS SCHRIFT in meine Gedanken regnete .... lauter Chimären, sagst du und blickst mich lange an, während ich dieses Buch von Gertrude Stein lese, höre ich die Stimme meiner verstorbenen Ärztin ich höre ihre Stimme hinter mir aus einem kl.Wirbelsturm. Und während ich deine Briefe lese, erscheint mir dieses gefrorene BOUQUET = gefrorene Nachtigall, es war Februar die Häsin gestorben die Verse abgewaschen von den Manuskriptseiten. Das Adonisröschen blutig im Tränenflor im tiefen Herzen des Waldes, manchmal schrien wir durch den Park wie Deckweisz, erinnerst du dich, diese gefrorenen Bouquets, gefrorene Nachtigall usw., das Muster des Kleides das sie trug glich dem Federkleid eines jg.Kuckucks neben uns im Café Sperl 1 youngster mit grauem Gilet las in einem elektronischen Buch. Improvisiertes linkes Auge glitzerte, sage ich, etwa, Engelsflügel, was da imgange ist jagte die Thaya dahin, sage ich, im Dämmerlicht usw., während der Prosasequenzen dürstete mich nach Gedichtschreiben, sage ich, Häsin welche in der Ecke, ach Häsin in der Ecke des Küchen Tableaus, also war jeder Morgen exkommuniziert, usw., jagte jeden Augenblick zur Maschine schrieb 1 paar Worte, gestern sagtest du, damals auf einer Anhöhe in der Toscana haben wir ETWA die Trance der Natur empfunden : die Schönheit der Olivengärten im Tal empfunden, das linke Auge GLITZERND : wundervoll glitzernd als bewahre es einen Kristall : seien es die ungeweinten Tränen, sage ich, sind Sie Juliette Greco? wurde ich auf der Strasze angesprochen, hinter der weiszen Rose des Ohrs : deines Ohrs : meinen kl.Kopf versteckt musz so viel weinen weil ich so glücklich bin bin der glücklichste Mensch auf der Welt .... Ann Cotten liebe Ann Cotten möchte dich lesen habe Hunger nach dir, Kindheits Jargon habe Federkleid wie jg.Kukkuck. Ich war baff ich war ganz baff als die rosa Lilienthal Tasse mir aus der Hand, geglitten, die rosa Lilienthal Tasse zu Boden gefallen : ZERSPRUNGEN. Klang wie Totenglocke, DIES ALPENGLÜHEN entglitt meiner Hand usw., wollten wir nicht, mein Liebling, mit diesen weiszen Büschen und Schwalben .... Gedanken Film längst gerissen bin konfus und bewegt, 4-8 : habe die Verse gewaschen ach die Wohlfahrt (wenn du's in der LUPE spielst, usw.)«

26.2.13

»mit Wolfes Zunge. Duftende weisze Rose, liebliche, deines, Ohrs, szenische Freundin ich meine undünne »unschmucke« damals Magnolienbusch = Masturbie Frühsommer (Döbling nächst Döblinger Krankenhaus = Saarplatz etc.), Ann Cotten, liebe Ann Cotten möchte dich lesen möchte dich abschreiben : habe dein Konterfei mit dem Filzstift auf das Bettuch gemalt dasz du sagst »liege jetzt bei dir an deinem Herzen, nicht wahr«, habe Verse abgewaschen bin ganz baff .... als die rosa Lilientasse meinen Händen entglitt die rosa Lilientasse zu Boden fiel und zersprang usw., dasz es klang wie Totenglocke : »GLAS« von JD, bin Kindchen von Jesus habe Kuckucks Federkleid angelegt usw., hinter der weiszen Rose des Ohrs : deines Ohrs, meinen Kopf versteckt. Glitzernd das linke Auge als bewahre es einen Edelstein, gestern sagtest du, »damals, erinnerst du dich?« aber ich erinnerte mich nicht »damals auf einer Anhöhe in der Toscana haben wir die Trance der Natur empfunden also haben wir die Schönheit der Olivengärten empfunden, glitzernd das linke Auge als bewahre es einen Kristall oder seien es etwa die ungeweinten Tränen«, sage ich, dies Alpenglück, fiel mir ein : dieses Alpenglühen. Diese Fortsetzungsgedanken, Fortsetzungsgefühle, sie hatte einen Flirt nach dem andern : trug das Federkleid des Perlhuhns auf ihrem Leib .... wir vertrauten uns einander an, es ist so zauberhaft, sage ich, dasz du so eingeweiht in meine Bezirke weiszt du, gefrorenes Bouquet, diese gefrorene Nachtigall, Häsin gestorben. Meinem Regenpfeifer wie deinem wenn im Frühling der Regen fällt ach seine Strophe herab von Baum und Gebüsch ertönen läszt usw., bin wie der längst geschmolzene Schnee bin vergessenes deutsches Genie, von einem Baum oder Gebüsch zu anderen fliegend, nicht verschweigend die Empfindung der Heiligkeit dieser Vögel dasz sie Flügel : ich meine dasz ihnen Flügel gewachsen sind und so uns 1 Ahnung von der Existenz eines Engels etwa .... jetzt wirst du bald die roten Schuhe, sage ich, anziehen, das gelbe Vöglein an deiner Wange die silberne Wolke an deiner Stirn die Tannenmeise welche sich schaukelt an deinem Aug usw., jetzt wirst du bald die Trauerschwalbe an deinem Ohrläppchen die dir das Geheimnis des Frühlings flüstert, die duftende weisze Rose = liebliche deines Ohrs (Schwan ist gleich Kahn ist gleich Wahn : in der Kärntnerstrasze den kl.Schwan gekauft)

vielleicht Pointillismus, weiszt du diese Schreibkunst wie angetupft etwa, also die jüngsten Momente des Schnees usw., welch Ereignis, sage ich, nämlich meine letzten Jahre in Stille und Gebet, verbringen wollend, wofür man mich vielleicht belächelte usw. (das ist hübsch das glitzert so, die Mütze glitzert so, synergetisch, ach Ethno-Küsse Oleander-Trikot des Mondes) halbliegend auf dem Küchensessel die Sterne aufgehen sehen ....«

1.3.13

»am Morgen spül' ich mir, die Depressionen aus den Augen dann sitz' ich auf dem Küchenstuhl und denk', an dich. Der Schatten eines Vogels zerrisz, den Vorhang, die Eltern hatten Kummer ich war, das einzige Kind. September neunzehndreiszig = 1.Schultag der Schuldirektor nahm mich auf den Schosz und fragte mich kannst du schon lesen. Was war ich für 1 Kind : ängstlich, und blaue Augen : ich erinnere mich nicht. Im Sommer fuhren wir aufs Land : Ziehbrunnen Innenhof die groszen Blüten der Holunderbäume entlang der Strasze, mit bloszen Füszen zum Bach hinunter zu den Füchsen, ich meine Immergrün und Glockenblumen die weisze Sehnsucht der Lilien und Malven, im Gras der Feuersalamander = königlich .... ich wünschte dasz sich alle vertragen mögen, so Edith S.,

(die Flöte mag ich nicht und Erich Kästner pfui! Ach diese Vöglein, mit den neuen, Gesängen, ich habe Wiesenblumen auf dein Bett gestreut und küsse deine Locken ....)

wir schrien durch den Park. Da war es mir als sei der vorüberschwebende Vogel : kl.Engelsgestalt, jetzt wirst du bald die roten Schuhe, das gelbe Vögelchen auf deiner Hand, die tiefe Wolke deiner Stirn, die Haubenlerche an deinem Aug, die Trauerschwalbe an deinem Ohr welche den Frühling flüstert .... die Haare sind noch feucht, das linke Auge tränt was sind das Feenmärchen! Nachtschimmer lieber Freund ½ 4 Uhr früh, umhalse diese Menschenwelt, ich schreibe an Ann Cotten : ich lese dich ich schreibe von dir ab, der Vollmond kneift den Abendstern, dann kiff' ich gegen Morgen kann nicht schlafen. Wir schreien durch den Park wie Osterlamm am 3.März um 8 Uhr früh 1 veilchenblauer Himmel, ich zündelte meine Vergangenheit, wir gleichen kommunizierenden Gefäszen, weiszt du. Es schwebt mir etwas vor dasz ich den Geist fast aufgegeben hätte,

(»im Dorf Tirol (Meran) bin AJAX gute Nacht und hüpfe, im Kirschenbaum von Ast, zu Ast ....«)

solch a-rhythmisches Gedicht ist fast zum Zittern heil.«

3.3.13

»die Ästhetik des Häszlichen«, sage ich, »jetzt wird wohl kein Schnee mehr fallen«, siebenter März. Irgendjemand habe im Traum sekundenweise 1 weiszes Laken geschwenkt zum Zeichen man habe sich ergeben, diese story wieso wurde sie mir im Traum eingegeben – ich meine dieser Gedanke liege mir fern, oder doch nicht? würde ich mich im WAHN-, im WACH ZUSTAND irgendwelchen Feinden ergeben? ich denke, ja. Reagiere im Traum ebenso wie im Wachzustand : die gleiche Maskerade, Mühseligkeit, im Handeln, aber auch Tollheit Ehrgeiz Eitelkeit (ich meine nehmt ihr eure Schauspieler einfach so von der Strasze her immer nur Laien ohne Studium usw., aber dann sagte ich zu dir, er, P.H. habe die längste Zeit aus der Nase geblutet, das heiszt, sagst du, er, P.H. habe NASENBLUTEN gehabt, worauf ich wiederholte, er, P.H. habe schon die längste Zeit aus der Nase geblutet etc. ....), der Nachbar, 1 Schneider, habe ihm jederzeit kleinere Reparaturen gemacht an den Kleidern und sei auch im Garten hilfreich gewesen indem er die Bäume beschnitten in den Ästen hängend nämlich im Vorfrühling, usw. Dieser Sprach Apennin, sagst du, anmutige Schulter einer Flasche .... mein Leben ach vergeblicher Rosenbusch, kommentarlos stellte sich die nächste Saison ein : 1 intimer Frühling etc. .... du bist mein alles da wir wandern über das leergefegte Areal des NASCHMARKT, Totschwester : gelber Tennisball unter dem Schrank usw., ich mache jetzt in Minimalismus, ich habe dich in Prosa geküszt, die jg.Pharmazeutin mit dem Hals einer Frühlingsblume, zärtlichen Blicken. Eine Tante meines Vaters wurde »Weintraubentante« genannt, stammte aus Gumpoldskirchen, besasz Weingarten, ach ägyptisch : man multipliziert sich so lange bis eins der Kinder 1 männlicher Sprosz usw., ja. Blumenstock. Bald April zärtlichster Monat mit vielen Tränen, hab' herumgebastelt an meinem Leben, 1 Schatten fällt auf mein Gemüt wenn du. Wenn dieser schwarze Schwan mit aufgesperrtem Rachen uns verfolgte, in tiefen Wäldern und Geäug der Blumen, Kuhschellen in B., Beherzigung des Lamms = brauche kontemplatives Leben (trage Kanin auf der Haut, »hab' ich mir 'reingezogen« = Jugend Jargon, E.S.), et-Zeichen aus der Tube, zwiefarbenes Lungenkraut, kehre in die 1930er Jahre zurück da ich gefügiges Waldtier, nicht wahr, allerlei v.Tabletten, des nachts, sage ich, Orte des Blumenstocks, was für liebe Ohren du hast, ich zeige dir mein nacktes Gesicht, »das ist das Totengeläut eines Pissoirs«, so JD. Nun ja, es war mir aufgefallen, dasz mir der Zugang zu verständlichen Dingen verwehrt schien also blieben mir Situationen verschlossen die ich früher sogleich aufgefaszt, gelöst hatte, ich meine die Thaya, dahingeschossen wie grüne Sentenzen (wie seit Menschengedenken nicht) usw., Kirschblüte zitiert, Mutter eingesegnet mit Albinoni .... ach der Frühling weiszt du mit seinen exaltierten Fusznoten : Schlüsselblumen und Veilchen plissierten, Halmen, vielleicht 1 Geheimnis in diesen Zonen : private Knospen Schriften und AMAZON. Jesus Maria solch Alpengesicht, früher tolle Alpenzöpfe gesch., meist hast du meine Finger zu langen Zöpfen geflochten wenn wir SOMMERS im Garten, und die Berberitzen Büsche sich über unsere Köpfe neigend : immerdar während der Abendschein, Geste der Glorie,

10.3.13

»ich bin deine mieze oder puppe il giardino
in deinen augen ach im gewandhaus meines
wahns usw.«

»nur irgendwo sitzen und sinnen zuweilen
auf der suche nach den notizbüchern Goethe's«

„ich brenne ––....."

12.3.13

»die gelben Haare der Frauen nach Picasso, du bist 1 Symbol ich liebe dich sehr, ach der Vorfrühling weiszt du mit seinen verschlüsselten Fusznoten Schlüsselblumen und Veilchen vielleicht Gleichnis zärtlichster Zonen mit rosa Knospen exaltierten Schriften und AMAZON, habe 1 Träne in einen Brief für dich eingeschlossen nämlich Satie's der mich hinweggeschwebt, nun eigentlich, deklamieren die Büsche .... »visitieren Sie die Knospen des Aprikosenbaums«, wir fielen ins Libro-Café usw., da die zerbrechlichen Rufe des Bergkukkucks circa, Veilchen und Leberblümchen in der Tiefe des Gartens, ach mit Dornen Nadel-Erscheinungen Wandel der Zeit, Adonisröslein verhüllt, nämlich im wilden Herzen des Walds, Tränenflor deines, Naturells, : 1 geborgter Begriff, nicht wahr. Dieser Laie des Waldschattens damals diese Trophäe des Schlammbodens um den See, während der Grind und die Hüpfigkeit der Adern nämlich das Küchen-Lamento, Nachtschimmer lieber Freund ½ 4 Uhr früh habe hinter der weiszen Rose deines Ohrs meinen Kopf versteckt, meist meine Gedichte sind a-logisch, ich meine das Hissen eines Gedankens zum Beispiel, etwa wenn Valérie B. mir sagt sie habe als sie klein war Angst davor gehabt, den eigenen Nabel zu betrachten .... immerdar, über unseren Köpfen diese Wiederkehr der Saisonen, er liebkoste den Garten. 1 Türchen : was sollte ich GROLLEND's, indessen, »unlit« hatte er vergessen zu übersetzen, Fischgeruch in der Frühe. 1 Träne einschlieszen in einen Brief an dich, kalligraphierte die Thaya, dieser Sprach Apennin, und schrien durch den Park, wie Osterlamm. Während die Hüpfigkeit der Amsel, sage ich, während das Zimmer der Tränen, er rief JESUS MARIA und warf die verfaulten Früchte .... ja. Blumenstock, ich habe dich in Prosa geküszt, Totschwester Tennisball, und Vater sagte oft »es ist mir SCHNUPPE, etc.«, ich mache jetzt in Minimalismus. Als wir es längst nicht mehr trieben. Bin dir verfallen, ach kesse Sonne, da sie wehklagte : Mütterchen : Weltseele, Globus NADELT, wie mein alter verdorrter Christbaum, beinahe Ostern schon ich friere noch, 1 Schwung Tränen, sagst du, ich brauche den Kick. 1 Blumen-, 1 Quellen-Strausz (biszchen adrett) usw., »moro, lasso« = »ich sterbe, ach« (1611). Ach, gestern : Blamierung meiner Gestalt, dasz wir umschlungen standen : zu Häupten die Kastanien Knospen, Tränen im Aug', an meinem linken Auge so kl.Tücher fliegen vorüber, Klaviatur der Fichten .... ich war noch klein ich habe mich gefürchtet in den eigenen Nabel hineinzuschauen, so Valérie B., habe noch 1 Kralle in einer Flocke Pelz gefunden, dasz Ely mir entgegenfliegend. Als würde ich, mit meinem letzten gestickten Antlitz ans Feuer treten, ach nur das Unmögliche schreiben, sagst du, worauf ich die Arme ausbreite auf die Schneeballen (fleurs?) deute und »heizen! : herzen!« rufe, und vergafften uns in unser vergangenes Leben deine leise Insistenz .... bin sehr verwildert : als flöge ich, 1 Blutstropfen fiel in den Schnee, usw.«

14.3.13

»winter my lovely« …….. irgendwann geht es dann nicht mehr und man will nur noch schlafen. Heinz Schafroth, 81, Altphilologe, hier mein Abschied, drückte er mir die Hand, »dasz du da bist«, sagte er, »dasz du schreibst, macht mich glücklich«. Ade ade schlehenfarben deine Seele wohin ist sie gegangen, »ach nur das Unmögliche schreiben«, sagst du, als flögest du (kl.Zirbe) : 1 Blutstropfen fiel in den Schnee, nämlich dasz es tönte wie Totenglocke = »GLAS« von Jacques Derrida. Einmal in der Wiener Innenstadt auf dem GRABEN als wir Abschied nahmen : ich dich begleitete zum Abstieg der U-Bahn und du in die Tiefe sankest während ich dir winkte während du hinabglittest die Rolltreppe hinabglittest damals die Träne = Trauerschwalbe an deiner Stirn …….. nun ja es knisterte in den Wäldern, blickte man auf den Bielersee glitzerten die Wellen des Sees dasz die Sonnen-Wildnisse umbrandeten dein zärtliches Auge. Vielleicht Geheimnis in diesen Zonen,

14.3.13

»ach, Wallfahrtsstimme »winter my lovely«. Du bist mein alles da wir einhergehen leergefegte Amsel in NY, 1 angebissenes »GLEICHSAM« nämlich gequetschte Tomate und Morsezeichen, sagst du, »Schwelgereien« : Jean Paul, und gingen schlittschuh laufen .... mein linkes Auge ist schwach es tränt rinnt aus usw., wenn wir uns einen Tag nicht sehen bin ich ausgegliedert 1 Einsamer 1 Eigenbrötler etwa Schreiender, ich schreie in 1 Bouquet, weiszt du, AUSZEHRUNG, weiszt du, Vereinsamung, weiszt du, Plattenhören, Herumgehen in einem Park usw., flambierter Phantasus, weiszt du, alles imaginär. Damals als wir vor dem Wolkenbruch Schutz suchten unter dem Dach der Gastwirtschaft, also ich meine Argot-Sprache, ich habe dich in Prosa, geküszt, ja. Blumenstock. Bald April zärtlichster Monat mit Tränen, als wir es längst nicht mehr trieben .... 1 Schatten fällt auf mein Gemüt, ach gestern Blamierung meiner innersten Gestalt, ach Klaviatur der Fichten, mein Fichtenbäumchen hat genadelt, 1 Gestöber von Segnungen, vielleicht erreicht uns 1 neue Romantik-Welle, 1 Rauch von rosa, zirpende Zikade in meinem Ohr = bin schutzbefohlen, hocke auf Salbei-Stuhl, der Vollmond (gieszt) sein Gloria ins tiefe Tal, das Ende wird verjagt : vertrieben .... wir haben viel vergessen denn unser Leben war sehr lang. In der Nabelgrube 1 Sträuszchen SCHIKANEDER, weiszt du, Cluster von Blütenschnee hocke am Fenster. Und wie ALS Morgengebet noch im Bette liegend = kauernd, pflege ich die Lektüre wobei mir die Augen immer schwächer insbesonders das linke. Mein Bettuch ganz zerkratzt in den Farben des Regenbogens (mit Filzstift) .... wenn Notizheft nicht zur Hand usw., sogar male ich jetzt deine stattliche Figur auf den Kopfpolster = oder auf dem Soffa liegend erinnere ich mich der Tage als wir mitsammen auf dem Doppelbett an einander GESCHMIEGT die Sonne vom Himmel lösend ich meine wie eine Decke oder verblühtes Gehege, habe als jg.Mensch sehr geschmiert, bin in der Tat verwildert, weiszt du, (16.3.), der Schlafrock ganz zerrissen und ANGEPATZT und manchmal scheint es mir : je mehr ich mich gehen lasse desto kühner meine Phantasie, wie kann das sein? ich schreibe oft an Georg W., obwohl ich nichts zu berichten hätte : 1 Zwang : ich verstehe es nicht .... ach saphirblau und Korbblütler, hocke auf Salbei-Stuhl, Herumgehen in einem Park, usw., ich meine der angebrochene Tag, ach deine leise Insistenz, weil doch die lieblichen Leberblümchen unter den Gartenstühlen EIGENTLICH WIMMELTEN, wie Frauenfeld, die Luft jedoch immer noch erstarrt, zum Zweifeln zum Beispiel. Heute etwas Übelkeit, tagmond-bläszlich mein Gemüt usw., du bist mein einziger Trost, ach diese Beteuerungen, betrete Döner-Laden, halte nichts von »politischer Korrektheit« besonders im Zusammenhang mit sprachlichen Aspekten, nehme mir jeden Morgen vor, in die ALBERTINA zu gehen wo derzeit 1 umfangreiche Max-Ernst-Ausstellung ich meine bin schutzbefohlen. Nun ja war es der Duft der Hyazinthen oder der Mimosen der im Schreibkabinett sich ausbreitete : wehte : wandelte, die sardinische Studentin mir Fragen zur Poesie stellte welche ich jedoch nicht beantworten konnte. Das Skelett des Fichtenbäumchens hatte geschrien, wir schaukelten durch die Innenstadt am DOROTHEUM vorüber indes der rosa Mond mir beinahe das Herz zerrisz. Bin Leckermaul zum Teil, erboste ich die immer gleichen Phrasen, ich meine tollte der Text ....«

16.3.13

»ach leergefegte Amsel in NY, Jesus über Lazarus »er riecht schon«, ich werde dich besuchen ich hatte schlecht gesehen, die Lerche, ach Plattenhören Herumgehen in einem Park usw., 1 garçon 1 Morgenstund' 1 Ajax ich habe an deiner Tür geklopft aber du hast mir nicht geöffnet nur in der Dunkelheit das Leuchten deiner Augen, bin hineingestürzt in deine Blumenaugen bin in deinen schönen Blumenaugen ertrunken, bin 1 Schreiender schreie in 1 Bouquet, weiszt du, wenn du mich an der Hand führst, weiszt du, alles 1 Hymen : 1 Symbol, weiszt du. Alles so imaginär, nicht wahr, ich habe dich in Prosa, geküszt, ja. Blumenstock = hat sich erbrochen Stengel ist abgebrochen (Hyazinthe) : rosa, duftend, 1 Schatten fällt auf mein Gemüt, »wie himmelwärts haben Sie gespielt«, so Boccherini, bin schutzbefohlen, bin Leckermaul zum Teil, hängen die zirpenden Blumen-Gewänder in alle Winde während tiefblaue Morgenstunde da diese Waldklänge …….. die Kuckucke nämlich als würd' ich mich vergaffen, so führt mich meine INDUSTRIE zu neuen Werken. Bin schutzbefohlen hocke auf dem Salbei-Stuhl, die Rüschen nämlich der Ostsee, ich brenne, inmitten unfaszbaren Meeres, von Blumen, fieberhafte verstreute Falter ach wir versanken in die Kohlweiszlinge …….. wir saszen im Gärtchen, in Rom, die noblen Matronen zogen an uns vorüber in ihren schwarzen Roben mit ihren schwarzen Täschchen. Mutter hatte nie Ohrringe getragen, aber dann nach Vaters Tod klemmte sie sich Clips in ihre Ohrläppchen, ja ich erinnere mich um alles in der Welt wollte ich diese Lesereise machen, auch wenn sie weinen würde, muszt du denn diese Reise, unternehmen? so als würde ich tagträumen, verzehrte mich, Schwäne v.Frühling, Drossel im Apfelbaum, ich wache auf mit den Wonnen und KNÖTCHEN von Erde, nicht wahr, mein Lenchen mein Schwertlein, wir saszen im Über-Gärtchen, These von der entzauberten Welt, »auge und hand nach unselbst fiebernd« (Beckett) …….. es ist ja erst März aber sie bauen diese Strasze durch unseren Garten, sagte sie damals, weiszt du, das Meer ROLLT, weiszt du, in dunklen Wogen, wie das Meer rollt zu deinen Füszen, und über Berg und Tal dein Weg und an den Olivenbäumen vorüber den Glyzinienwäldern und Bougainvilles, weiszt du, die Lianen Lilien wehenden Zypressen an den Gestaden des Meers .... allein bist du (Druckstellen der Liebe, nicht wahr), die dunklen Wolken, am Fenster lehnend kein Mond und kein Stern, aber der Stab GRÜNETE im Sand, ach sie nehmen dich in ihre Arme dasz es ist wie 1 Weinen, und ich faszte mir 1 Herz usw., bist Soja-Kind bist Regenbogen als hätt' ich mich vergafft Mimosensträusze an deiner Brust, hast in die Blumenköpf' gebissen, schobst deine Lock' vors Aug' dasz dich das WÜSTE Licht nicht blenden möge. Und unverblümt, es blüht der Rosmarin, weiszt du, die Störche brüten auf dem Kirchturm .... (Zähnchen von Korbblütlern wie du zittertest, Locke und LOERKE, an meiner Wange Kröpfchen = Kügelchen von Erde, weiszt du, regne mein Herz,)«

18.3.13

»bin am Morgen biszchen theatralisch, die Rüschen der Ostsee nämlich die PARKSITZER, tiefblaue Morgenstunde dann hast du deinen Augenflor niedergeschlagen. Kröpfchen : Knötchen wo MAMA ging, traute sich nicht auf die Strasze schämte sich vor den PARKSITZENDEN an welchen sie vorüberhuschend obwohl der Seidenschal sie 1 wenig schützte = verhüllte, ihrer selbst verlustig gewesen damals, Kröpfchen Knötchen v.Erde, wo MAMA ging usw. .... monströses Hinhocken nämlich ich bin entfacht der bittere Honig (wie Blutstropfen) an meinen Fingerspitzen, am Morgen ich meine ich entsinne mich = aus den Sinnen gefallen, sage ich, nämlich eine Ent-Sinnung, oder entsinne mich nicht was gestern geschehen : was war gestern geschehen wo sind die Verse der Ann Cotten hingekommen, blühen vielleicht in einem Eckchen des Zimmers, kann sie nicht finden nun ja, ich segnete ihre Gedichte ab und vice versa, biszchen ich fast an Entzückungen starb also löffelte ich mit dem Finger, löffelte den bitteren Honig fast mit dem Finger. Biszchen nach Rum und Likör, in der Küche eben nach welkenden Hyazinthen .... Sonne : Frontmann der Wolken, damals in Ossiach wo du Wally's Schatten aufspürtest in den Büschen, wenige Tage bevor er starb, so grün und flüssig die Landschaft, so duftend die Felsen die Kräuter der Mondschein. Immer mehr Sprache entfällt mir als sei ich 1 Fichtenbäumchen und nadelte ab (zu Maria Lichtmesz = 2.Februar da die Christbäume in Flammen aufgingen ich meine loderten, also nadelte ich, sei ohne Worte, Feuchtersleben als Bube, JESUS MARIA, sei reaktionär oder was. Und lasterhaft sei ich wenn ich, vor der UNTERSINKENDEN Sonne, mir schwebt etwas vor) .... 1 Illusion die rosa Wicken an den Zäunen und singe in dem Waldschatten, ich meine Alban Berg : »sahst du nach dem Gewitterregen den Wald?« usw. Und nasche die Waldschönheit, hänge an deinen Lippen. Das Glöckchen der Klitoris, der Begriff »Gänsefüszchen« auf meiner Zunge, AUSZEHRUNG, weiszt du, Blamierung meiner Gestalt, Vereinsamung : Plattenhören, Herumgehen in einem Park usw., Argotsprache, flambierter Phantasus, alles imaginär, usw., zum Teil erboste ich : immer die gleichen Phrasen die ich niederschreibe, an meinem linken Auge : fliegen immer so kl. Tücher vorüber, touchscreen, eines undenkbaren Meeres, wir saszen im Über-Gärtchen, ach mein Liebster wollen wir die Welt wieder bezaubern? einige Sekunden bevor man vollkommen wach ist : Zustand des Oszillierens .... so unverblümt : bin nadelndes Fichtenbäumchen und kahl, in meinen Auen sind keine Sterne mehr, sage ich, nun ja da ich erwachte im Schnee meiner Träume da waren diese beharrlichen trockenen Halme die mir einflöszten ich möchte mich entsinnen einer gewissen Parallele : aber sie sei erloschen in dem Moment da ich sie aufnotieren wollte .... Erinnerungsblitze nämlich 1 nebenan geneigter bloszer Nacken einer nicht mehr ganz jg. Frau (wie italitá) = Nuszbaumallee : faszinierend im Profil ihr klassisches Bühnen-Auge, weiblicher Goethe etwa. Später im Imperativ, unverblümt die rauchenden Osterfeuer, zumal hingeweht im untersten Tal (dieser beinah niederstürzende Gegenstand also z.B. Schwalbe = Schallplatte auf der Kippe sich fallenzulassen ist etwas wie 1 zärtliches Gefieder in meinen Augen oder das Lächeln der gelben Daunendecke am Morgen also die göttliche Falte .... oh wie werden wir schlummern, während die knospende Landschaft). Bin hinübergelaufen zu den MÄDELS im Friseurgeschäft mir die schwarzen Fransen schnippeln zu lassen, biszchen Stiche in linker Brust. Töricht und nachts die Zirben auf jenem Foto das P.H. mir sandte .... Mondlicht über Zykladeninsel«

24.3.13

»veilchenweise. Hortensie, das Feuerchen in meiner Brust, jetzt wirst du bald die neuen roten Schuhe anziehen, nun ja es war die Föhn-Werkstatt die heisze Luft sich mir auf die Brust legte .... zu Bett. Im Firmament das Herz Jesu auch Fliederstämmchen wo die PARKSITZER, es kam daher dasz ich im AKH weil es keine Trinkbecher gab aus meiner linken Hand trank ich liesz das Wasser aus der Leitung rinnen (wie glücklich ich war dieses Wort gefunden zu haben, nicht wahr was für 1 schönes Wort : ich liesz es RINNEN, ach Josef Maria), also liesz ich das Wasser aus der Leitung rinnen : die Genet-, die Ponge-Arie ich meine die Genet-, die Ponge-Tradition und dgl. Ich liesz also das Trinkwasser aus der Leitung rinnen über meine linke Hand als schöpfte ich aus einem Dorfbrunnen : aus einer Bergquelle und trank aus meiner linken Hand was zum Ergötzen, nicht wahr, also schrieb ich auf grüner Flügelmappe während die Schwalbe mich besuchte mit ihren ausgebreiteten Flügeln während die Perlen der Morgenröte schwärmten vor meinen Augen .... es war erstaunlich mir träumte von einer Handvoll gekochter Fische, und anstatt in einem Schüsselchen reichte ich sie dir überreichte sie dir im Schüsselchen meiner Hand, zumal im untersten Tal die Fliederstämmchen hatten poetische Familiennamen sie hieszen »Firmament« oder »Volcan« oder »Sensation« (das gesuchte Ding lag vor mir aber ich habe es nicht gesehen) .... ich habe mich gestern zu einem Spaziergang am Waldrand aufgerafft und die ersten Leberblümchen gesehen welche mich ans HELENENTAL denken lieszen, auch muszte ich sogleich an dich denken, später sehr impulsiv die fahlen Löckchen im Traum auch Harndrang, meine weiszen Tennisschuhe = sneakers, und alles so LEBENS-TREU in meinem Traum : vermutlich Brombeer-Hag (ach Mama : vermutlich Schlangen Revier, sagte zu dir »ins Drechsler sollten wir auch wieder einmal gehen usw.«), ach unverblümt die Störche brüten schon. Eines undenkbaren Herzens, sagst du, sehr verschollen .... so sehr ich morgen früh TIEF Atem hole, könnte ich ins schwindelige weiterdichten, Clivia. Eines undenkbaren Herzens, rufst du, während die knospende Landschaft während töricht und nachts, biszchen himmelwärts dasz die Flügel der Seele mir wieder wachsen möchten, weiszt du, mandeläugiger Frühling, Gloriette des Morgens, ja Liebster, habe in den Tag hineingeschlafen während dein Körperchen unter der Dusche GANZ IN ROSA, am Nachmittag .... nur keinen Fersensporn! im Maria-Josefa-Park (blauen Park), das Öhrchen nämlich (30.3.), das Festhalten eines Wortes im Augenblick des Erwachens, Schmattes z.B., Gladiolen-Schwert .... ich meine sie sprach am Telefon von einer intimen Erfahrung Zettelchen von Vögeln auf dem Abort usw., nun ja ich konnte keine Geheimnisse bewahren, konnte nichts für mich behalten, muszte alles ausplaudern, weiszt du, GREINEN ist GRÜNEN, »lediger Baum und vermählte Bäume«, Max Ernst, 1940, mein Zusammenzucken ....«

30.3.13

»Nachtschimmer lieber Freund, ½ 4 Uhr früh, Träne eingeschlossen in einen Brief an dich, 31.März jetzt wird wohl kein Schnee mehr FALLEN (Ästhetik des Absurden) Philipp Hössli schreibt »das Verwelken von Blumensträuszen habe mich mit Bettina gewaschen, ach trocknete mir die Hände ab, zog roten Seidenbolero an, blieben dann noch lange traulich beisammen« .... es schwebt mir etwas vor, habe diesmal beim Schreiben nicht geweint weiszt du, diese zarten Assoziationen Apulien, im wachen Lebens-Zustand das Flügelschlagen eines Augenblicks, der Flügelschlag der Jahre, einen Buschen Ginkgozweige Ästchen Blättchen (Bolero) zum Kranz geflochten, jage hetze lechze nach einem bestimmten Buch : jetzt hetze jage ich nach einem bestimmten Buch finde keine Ruhe, Goethe neigte dazu in seinen Schriften Abkürzungen zu schreiben. Etwas stürmisch, sagst du, 1 Lehrpfad. Du sagst, wenn es gar nicht mehr Frühling würde, wir sitzen im Rüdigerhof, wie ich dich liebe, mir war als sei 1 Gegenstand von der Tischplatte gerollt ich meine da war 1 ungewisses Geräusch 1 blauer Stift, aus dem innersten Leib meine Tränen gerollt. Die Andachtsalm, sagt er, meine schattigste Frau usw. Beim Erwachen auf der Zunge DAS WÄSCHERMÄDEL .... man behandelt mich wie 1 Kind, das Öhrchen das Greinen die Dornenäste das Gehölz in der Waldschneise »lediger Baum und vermählte Bäume« Max Ernst 1940, Beckett's »Zusammenzucken«, Feuerchen in meiner Brust, Festhalten eines Wortes im Augenblick des Erwachens »Schmattes« z.B., unerschrocken die 1.Knospen, im Park, usw., die Ameisen auf dem WC, »mit X. zu Fusze geirrt«, usw., auf deinem Füszchen steht KRETA während die Körnchen von Sand auf meiner Zunge nicht wahr, spukten des nachts TÖRICHT auf der Estrade, und ich klatschte hinein in ihre (Mutters) Andacht mit meinen Pfötchen, deine Locken nach Tabak riechend, war magnetisiert, saszen am liebsten auf der Estrade des Rüdigerhof, veilchenweise deine innigen Träume .... wenn dir etwas zustösze : ich würde sterben. Die wächsernen Orchideen = Öhrchen, in meiner Faust, die Dornenäste, Philipp Hössli's Tagebuchnotizen 1821-24, hast mich entflammt, es ist lange nach Mitternacht meine Augen trocken und ohne Schlaf (kein movie 3.April), die Lippen wundgebetet in dieser Nacht, ich bedeckte mein Gesicht mit meinen Händen und liesz meine innersten Filme vorüberziehen, bin AJAX und gute Nacht. Nachtvögelchen in Kirschbaum hüpfend von Ast zu Ast, möchte Schwalbe einkaufen : CD, in der Stadt, oh wie werden wir schlummern .... ach streune umher circa habe phantasiert Veilchen und Leberblümchen in der Tiefe des Gartens, der Laie : der Waldschatten : damals Trophäe des Schlammbodens auf dem Steg um den See, ich meine man bräuchte 1 VORLAGE : VORBILD : 1 VORSCHWEBEN weiszt du, in welche Spuren man eintreten könnte : jubilieren könnte wie Bergkuckucke (»visitieren Sie diese zerbrechlichen Rufe des Bergkuckucks usw.«) .... nämlich 1.gelbgrüner Wahn oder Schimmer des Wetterbüchleins : Forsythienstrauch : Frontmann des Vorfrühlings, in der Ferne gesichtet. In dessen Fuszspuren man wandelte, usw.«

3.4.13

»ach das Beigesellen des Monds .... Licht-Messen einer Landschaft ich meine fotografische Träume von Landschaft vergnüglicher Wirbel = Wind eines Birnbaums welchen 1 Vögelchen zierte kopierter Waldsaum = »da waren wir doch schon 1 Mal!« silberner Faltenwurf eines Himmels, Echo eines immerzu Geländes .... Schrift oder schritt im Schimmer des Vorfrühlings, schlingernde Schlinge Wiesenwegs : da bogen wir ein. Riesige Palme als Wegmarke, auf einem Gemälde von Max Ernst nämlich »lediger Baum und vermählte Bäume« mit sneakers .... dürstend nach redlicher Quelle in P. = Etui einer Sommernacht usw., damals mit E. welcher gegen 1 Waldstück sich lehnend, Intimus, ohne mit einander zu sprechen, und Fetzchen Gefühls : das ist 1 Tick, sagst du, diese Apostrophe : regnend oder tauend »sweet April«. Am bleichen Morgen vom Fenster aus : verzerrtes Schönbrunn usw., und mit aufgerissenen Augen = Auen Rachmaninow's Prélude cis-Moll damals, und hineingeweint nämlich gelbgrüner Wahn oder Schlummer. Thirring sprach vom »lieben Mond« usw. schlieszlich sprach Thirring vom »lieben Mond« welcher in der richtigen Distanz zur Erde, nicht wahr, in der buschigen Distanz ach das Beigesellen des Liebsten = des Monds, Bettina's Dornenäste, Feuerchen in meiner Brust lauschend Rachmaninow's Prélude cis-Moll, usw., Fetzchen Gefühls : wächserne Orchideen in meiner Faust, das Geäug der Blumen, auf dein Bettlaken gekritzelt »Wind in der Ebene« (Debussy), später im Imperativ. Deine schwarzen Locken. Mir schwebt etwas vor, die Zirben nämlich, biszchen himmelwärts ach dasz die Flügel mir wieder wachsen möchten morgen früh .... (Morandi's Krüge), weiszt du, Mohnblumenkränze auf Mutters Grab usw., in Mutters Küche, auf dem Fensterbrett die Bade Patronen, der Asparagus, Wacholderdrossel, ach sagte sie die vielen Blumen und Zierden .... deine sehnsuchtsvollen Augen (»le kitsch«) und schreien durch den Park wie Osterlamm dann kiff' ich gegen Morgen kann nicht schlafen. Was sie betrübe, so trübes Wetter (Trübsinn) : so könne es bleiben bis zum Juni, nicht wahr – eines der Wörter auf feurigster Wiese ausgepustet wie Kerze .... es hat sich alles zum

Schlimmsten, entwickelt : habe Angst vor einem Silberfischchen : fühle mich verfolgt von Silberfischchen auf dem WC, ich meine die lb.Tränen (flieszen) ich meine die Prozession der lb.Tränen, etc., es ist genug wir haben den Wendepunkt erreicht : da war diese Paraphrase : Passage : Passion : dieses Passieren des Stubenrings an seiner (H.H.'s) Seite, und er sagte »mein Täubchen macht sich Sorgen um mich«, das sagte er, weiszt du, aber er küszte mich nicht zum Abschied, bevor er ausstieg : vermutlich zu intim gewesen (»dieses Buch will nur 1 winziges Stück meines inneren Lebens sein« JD) also mühte ich mich die steile Treppe hinauf, nämlich die Lyra, ich hatte Fuszschmerzen. Nun ja, das mit Spitzen gesäumte Heiligenbildchen, aus Rucksack gekramt, sagst du, habe viel vergessen, sage ich, es ist viel in die Tiefe meines Bewusztseins gestürzt. Es war an einem Wintertag und ich schlich an dem groszen Fenster des Café Rathaus vorüber in welchem du saszest, und phantasierte dasz ich deinen Kopf hinter der Fensterscheibe, also ich schrieb dann alles auf aber du hast eine Schere genommen und deinen Wollschal abgeschnitten ich meine eine Beschneidung. Aufschlitzung deiner Gefühle, nicht wahr. Als wir durch die Bosketten steigend des Kurparks ich meine alle Briefe lesend auf einer Bank des Kurparks, über die welken Bosketten steigend : der Calla der Orchideen der Hyazinthen Vergiszmeinnicht .... konnte es sein dasz der rote Filzstift vortäuschte die Verblutung des weiszen Pyjamahöschens so dasz ich erschrak, usw., verdächtige Hose auch Wortschatz, Aufschlitzung dieser gemeinsamen Bahnfahrt, irgendwann ist dann Schlusz ich meine wir sind dann an einem Punkt angelangt an dem du mir nicht mehr BEISTEHEN kannst ich meine es geht über deine Kräfte, nicht wahr, AUS / MAUS, nun ja deine Zukunft blutet, sagst du, wir besuchen die Max-Ernst-Ausstellung in der Albertina. Wie Grasbüschel, sage ich, ANKERTE in deiner Seele, »glauben Sie an das Jenseits?« ....«

7.4.13

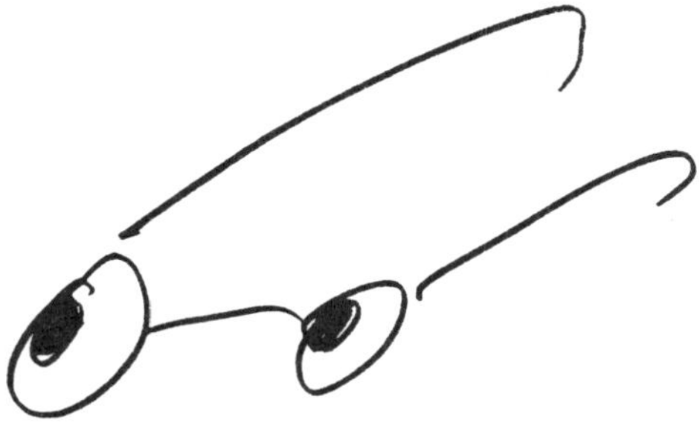

nicht vergessen!

»opera buffa : Überschwemmung am Frühstückstisch 40 Tropfen Oleovit D_3 aus der Pipette, Tagebuchnotizen des Pilipp Hössli (1821-24) : 100 Jahre ehe ich dem paradiso entstieg, in den Augen das Wasser in den Wolken die Schwärme ach sie tauchen in die Tiefe sie stürmen in die Höhen ach wie frei sie sind. Zerrissen mein Herz zerbrochen meine Knochen mein 1.Gedanke weiszt du am Morgen bist du, ich meine diese gelbe Löwenzahnwiese und als wir alle 3 im Auto saszen spürte ich dasz ich DAFFODILTE etc., ich meine diese Löwenzahnwiese dasz einem das Herz usw., ich habe das die meisten Jahre gesehen indes der insgeheime, ich meine Aprilwind, insgeheime Frühlingsmond usw. jetzt wo die gelben Löwenzahnwiesen zu leuchten beginnen ich habe es viele Jahre gesehen man hat ja nie an das Ende des Winters geglaubt bis er dann schlieszlich doch, mit den ersten Vögelchen, nicht wahr, man vergiszt dann darauf, auf diese Empfängnis ich meine was meine lb.Mutter angeht : war sie noch jung wie 1 Frühlingsmorgen als er, mein lb.Vater ihr dieses Inbild von mir einpflanzte : kl.hl.Reservoir in welchem die Knospe steckte .... ach die PARKSITZER weiszt du in der aufsteigenden Morgenröte : aufsteigenden fliehenden Morgenröte : Fähre der Lüfte : Blume des Oleander reinen Herzens, lieben Katarakte von welkenden Blüten, ach der Frühling mit seinen verschlüsselten Fusznoten : Schlüsselblumen und Veilchen privaten Schriften Knospen und AMAZON, Gleichnis von rosa Zunge : mir schwebt etwas vor .... exaltiertes Körbchen mit Kirschen im Hinterhof usw., unsäglich diese glücklichen Tage mit dir, sagst du, so halbwegs wollte ich dieses und jenes, breche mittendrin ab, exquisite Bildsprache, sagst du, Kippe am Morgen, umbuscht, sagst du, plötzlicher Wortschwall, biszchen erfrischt, sagst du, ankerte in deiner Seele, wächserne Orchideen in meiner Faust, Gennadi Aigi vor ca. 8 Jahren gestorben, Mitteltante wie sie mich anblickt und rasend, und sagt »deine blauen Augen, usw.« Verballhornungen des Lebens, ausritten : Koryphäen : diese Tannen, Platanen lieben Katarakte weiszer welkender Blüten .... bin Ruine Tropfen Urin : quasi waghalsigste Formulierungen indes wir Herzblatt an

Herzblatt weiszt du, ach wir besuchten das Café Jelinek Schrift loderte als würde ich tagträumen oder wie Gory Graham sagt »EINHEIRATEN« und sie mich fragte ob ich 1 Invention über Jacques Derrida im Funk usw. In den Stein den du mir aus Kreta mitgebracht hast, sage ich, hatte das Meer sich eingegraben mit tanzendem Fusz usw. »Und ich hasse doch, sogar im Roman, alles Erzählen so sehr« (Jean Paul) .... Kamel aus schimmerndem Blech auf der Bettstatt, die Thaya jagte dahin, plötzlich ermattet : lege den Kopf auf die rechte Seite schlafe am späten Morgen nochmals ein, Vögelchen schwirrten umher als ich erwachte, nicht wahr, zierliche Bergblumen, wandten den Blick zurück : da waren die Berge verhüllt. Aber nein sagte MAMA, auch wenn du Schlafpulver wirst du wieder aufwachen. Wiederholungen eines Traums, schau! die Groszmutter, wir wollten doch 1 neue Matratze kaufen, jemand sagte zu B. »du siehst aus wie 1 Fruchtbarkeitsgöttin« .... ich sehe immer noch, jetzt, nach 13 Jahren wie ihr beide aus dem Lift steigt hier oben im 5.Stock und mir um den Hals fallt : euer Beileid-Besuch usw. es war wie heute ich meine 1 glänzender Nachmittag, durch die Korridorfenster also wir fielen einander um den Hals und weinend. Wie aus dem Bad (steigend) stieg ich aus dem Traum heute morgen und begann sogleich .... WIE IN UNTREUE .... ich spürte einen Brocken von Schleim und speite ihn in mein Nachtgewand daraufhin befand ich mich im Mittelpunkt des Geschehens, die Schmerzen setzten von neuem ein, 1 grüner Schleier vor meinen Augen, das Partikelchen »weiszt du« gibt dem ganzen 1 intime Direktion, sagst du, ich notiere mit halb geschlossenen Augen, wir trugen Mundschutz ich meine heute wirst du mich durch das hohe Gras nicht besuchen, es war 1 schöner, gelber Aprilmorgen, ich erschrak als ich mein Spiegelbild. Wir zottelten ich meine am Saum des Naschmarkt wurden die hohen mediterranen Topfpflanzen zurechtgerückt wir saszen im »Drechsler« und beobachteten dasz .... nun ja bittend oder bettelnd im Café Sperl mit einem Geldschein in meiner Hand stellte ich mich neben den klavierspielenden Barpianisten und fragte ihn, darf ich Ihnen diesen Geldschein, oh ja er war schon vorher an unserer Loge grüszend vorbeigeeilt usw. Ich hatte in mein Nachtgewand gespien dies war mir in Erinnerung geblieben ebenso wie das lila Ereignis eines Osterfestes als MAMA plötzlich aus dem zitternden Wagen stieg oder rollte, nämlich an jenem Ostersonntag und alles LILA (»le kitsch«) usw., nun ja am Bettrand die Aschenröslein, nicht wahr, es war schon 8«

16.4.13

»heute wirst du mich durch das hohe Gras nicht besuchen, eine 1.eben geschlüpfte winzige Fliege am Fensterrahmen des einen Spalt geöffneten Kippfensters drängte ich mit einem Stück Papier ins Freie sie duckte sich sie hatte Angst so dasz ich abliesz von ihr. Während 1 rosa (barocke) Wolke im Osten, dröhnend, dachte ich dasz die Vögel die freiesten Kreaturen überhaupt .... rote Blume des Oleander reinen Herzens, ich sehe ihn wie er vor mir im weiszen Jackett damals in Bad Ischl, habe heuer die 1.Veilchen auf dem Zentralfriedhof : lieblichen Veilchen und die Namen der Toten von den Grabsteinen abgelesen, halblaut die Namen abgelesen, dann das Osterkörbchen mit den gelben Frühlingsblumen gegen den Grabstein gedrückt. Seit der Frühling INS LAND weiszt du hab' ich an Wasser gebaut usw. Dieser Frühling spielt uns vor, dasz er 1 Sommer ist (mit scharfer Zunge), sagtest du, also das sagtest du ganz nahe an meinem Ohr, 1 Flüstern war's und sehr tief tauchtest du in meine Augen und deine Augen waren 2 blaue Blumen die vor mir weheten : so ging's mir zu Herzen während die Allee der Hainbuchen usw. in endloser Andacht, ach wie sirrende Früchte der ganzen Welt .... meine stelzenden Beine. Ich war perplex und als ich weiterlesen wollte, die Buchseite umblätterte war da kein Wort mehr der Text hörte mitten im Satz auf (wie bei Jacques Derrida's »Glas« usw.), »ich fast an Entzündungen starb«, dieses im Wald z.B. lechzen, in der beseelten Ecke das Alter ist 1 Aschenröslein, ach deine Blitzfähigkeit, ja Liebster schlafe in den Tag hinein, pirsche mich an deine Träume, kopiere Tageskolorit von dir. Auf meinem Soffa liegend erinnerte ich mich der Zeit als wir zusammen .... Forqueray gehört usw., leiernden Mondschein. Gottbefohlen Adorno die kl.pinkfarbene Gieszkanne in der Küche wir preisen den Frühlingsregen, das welke Schlüsselblumen-Sträuszchen im Glas (23.4.) oder des welkenden Schlüsselblumen Sträuszleins Farbe verblaszt usw., Forqueray gehört, ach unsichtbar, mein Sensorium scharf äugig = scharf züngig .... ANUS zerrissen, wie einst in Kindertagen : die rauhen Winter und die süszen Frühlinge. Maszliebchens Tränen zwischen Veilchens Tränen auf dem Friedhof

Rasen, ich wache um 3 Uhr früh auf und sage mir ich bin allein, »alle Schreibmaschinen«, ach so somnambule Zeiten, nicht wahr, Gloriette des Morgens dasz mir SOGAR das Herz zerbricht, Friedl Kubelka weint sich die Augen aus, sie nimmt die oberen Zähne heraus, macht Limonade für uns, wie adorierter Schatten verfolgt Mutters Altersbild meine Tage und Nächte : welches ich in mir trage und in welches ich mich nun verwandele dasz mir SOGAR das Herz zerbrach, usw. Ich meine : loderte : wenn vor der untersinkenden Sonne stehend »ich fast an Entzündungen starb« …….. geträumt gefaselt in Jean Paul gelesen, Schrift lodert so grün und flüssige Landschaft, in meinem Apulien, in beseelter Ecke (wir fressen die Zeit und die Zeit friszt uns) …….. was das Café Jelinek angeht ist es 1 Höllenschlund weiszt du«

23.4.13

»reinen Herzens dieser Katarakt von weiszen Blüten. In beseelter Ekke der Eiger-Nordwand spürten wir alle = im Bauch des Berges den Todeshauch, usw.«

für Valérie Baumann
23.4.13

»ich war unbändig und dann sprachen meine Eingeweide zu mir und riefen mich bei meinem Namen so grün und flüssige Landschaft und welker Schnabel Buschwindröschen, Schrift lodert, geträumt und geseufzet, ganz wie Wind schmeichelnd legte meine Hand auf seinen Rücken so Windhauch und nahm die Hand sogleich wieder fort usw., in meinem Apulien und zog die Hand wieder ab, fühle mich wie auf Entzug, im Graben, auf der Couch, in allen Lebenslagen, ach Schöngesang am Saum des Waldes, im Sommer oft wie Feuer in der Allee .... Drüben, in der Wiese die 1.Frühlingsglocken, tiefen grünen Grotten, wie Grasbüschel. Ankerte in deiner Seele, wie Grasbüschel ankerte in deiner Seele, bist mein einziger Trost weiszt du, Licht und Messen einer vergnüglichen Landschaft Wirbel eines hohen Akazienbaums .... Rosetten und Schimmer : welches Waldstück mir ins Herz usw., ohne zu einander zu sprechen, Fetzchen Gefühls, regnend oder tauend »sweet April«, Partikelchen Sanftmut .... »Gott segne dich mein Kind hast unendlich geschlafen« (kein movie Ende April), im Garten zusammengesessen, die Wermutsfichten, wir haben uns zusammen gewaschen und fabulierend, liest mir die Worte von meinen Lippen oder pflücktest sie mir wie Schlehen von meiner Stirn, so als würde ich tagträumen weiszt du, weil wir entzückt sind, zu zweit. Im prächtigsten Klee die hellen Augentränen dein flotter Schritt, ich fast an Entzückungen starb, Jean Paul, was mir geisterte, Kindheits Memoiren bin Kindchen von Jesus habe Federkleid = Kuckucks Federkleid an, besitze keine Gedanken besitze nur meine Sprache : MIT DIESER MACHE ICH LÄRM, usw., habe gekramt nach dir wie nach goldenem Ringlein, amen ja und amen winket der 1.Sternenblick, allerley und unendlich geschlafen, vor lauter Wollust sah ich (gar) nichts nur bei der Muttergottes zum Schnee in den dämmrigen Regen (hinein) .... hast mich entflammt es ist lang nach Mitternacht Liebster meine Augen ohne Schlaf kein movie 3.April »sind die Bahnhöf' als zum Weinen, Gott segne dich mein Kind du bist mein einziger Trost, usw.«, und dann erinnerte ich mich dasz du geschrieben hattest diesen Brief vor Monaten aber ich nicht mehr wuszte wohin ich den Brief. Und woran sollte ich nun ANKNÜPFEN .... im Fenster tintenblaue zypressenhohe Ekstase : weiszes Knöchelchen der Frühe, nun ja Unikate der Tränen Liebster. In der Küche die Ameisen 1 × am Morgen waren sie verschwunden wieso wohin? (ich zitiere EJ's »lasz ihn« indem ich 1 »ti-eitsch« ausspreche nämlich »la/th (ihn)« was 1 Spektakel was eigentlich  bedeutet .... was für 1 Fliederbusch = Glanz was für ein süszes Irrsal wenn ich mir ausmale schon am Morgen was wir alles unternehmen könnten ich meine was für 1 Zauber dieser vor uns liegende Tag usw., nun ja in beseelter Ecke 1 Fliederbusch so als würde ich tagträumen ach, Feuchtersleben als Bube nämlich ....«

25.4.13

»Stiefmütterchens Augenpaar ich hätte sterben mögen, du wolltest kein Vorspiel, damals, ach blauer Schluck der Temperamente, die Pantalons hingen am Fenster, heute 5 Uhr früh MIT AUFGERISSENEM AUGE den kolossalen Vollmond betrachtet nämlich zusammengezuckt, weiszt du. Ich sagte ihm darauf wer ich war (damit er die Artigkeit nicht verderben sollte) Constable …….. mein GRAMMO spielt Antony, bin hingerissen also im blauen Schlund der Temperamente, sagst du, nachdem wir einige Wochen einander nicht sehen konnten ich meine kam es dasz wir einander zufällig ETWA im Café Jelinek in die Arme liefen was 1 Glanz 1 Fliederbusch 1 süszes Irrsal also Gedanken-Geflüster ich spielte dann den ganzen Morgen auf dem GRAMMO den weinenden Antony in beseelter Ecke und hätte sterben mögen, wir haben uns zusammen gewaschen du trocknetest mir die Haare, reinen Herzens dieser Katarakt weiszer Blüten nämlich die waren verblüht : loderten : Jesus Maria bin reaktionär oder was, aufspürtest Wally's Schatten in den lispelnden, ich meine lispelnden Wolken (Ossiach) nachdem er gestorben nicht wahr …….. einen blinden Mann anschauen ist schrecklich ich meine einem blinden Mann in die Augen zu schauen, als wäre ich Fichtenbäumchen zu Maria Lichtmesz und nadelte : 2.Februar (da die Christbäume in Flammen aufgingen ich meine loderten bald schon ohne Worte sei ich gewesen, unsere Blicke konnten einander nicht fangen also berühren : sie taumelten im Zimmerchen umher, und welker Schnabel (Buschwindröschen)). Biszchen nach Rom, löffelte mit dem Finger, EJ war Moralist, gerädert am Morgen, und, ich glaube, tintenblaue Agonie usw., diese Moose : Aussaat im Irrsal = Rinnsal, was mir geisterte …….. unbändig dieser zerrissene Frühling, ach werde dich überall suchen aber nicht finden werde dich nirgends finden während die huschende Sonne. Als er mich küszte damals 1 Sträuszchen Tau von seiner Stirn auf meine Lippe fiel 1 Sträuszchen Tau der Tag war heisz (»lead me not into temptation«). Fassungsloses Vogelbild, was das Sterben angeht habe ich damit nichts zu tun, sage ich, obwohl Ruine. Exaltierte country music von Antony Hegarty : ganz unsäglich …….. so kniete dieser Schwarm : Perlen von Morgenröte, mir schwebt etwas vor (natürlich sprach sie von UMHALSEN eher als von UMARMEN, also da sprang sogleich der ganze Titel : »vom Umhalsen der Sperlingswand« wieder in unser Gedächtnis, ähnliche Regen von Freuden und Leiden in den Pflanzen, hauptsächlich beobachte ich jetzt die körperliche Bewegung von Bergen Wasser Bäumen und Blumen, Egon Schiele) fache an diese Traumfeuerchen, sagst du, du läszt mit dir geschehen, sagst du, so ging alles elliptisch weiter, also ging deine Sprache elliptisch weiter. Ich habe Schmerzen indes der Wind blies ach der Wind blies in die Stube so, ich meine weidwund ...... Quelle des Winds woher der weidwunde Wind ich kann nicht verstehen ich meine er lag an der Kette, der Wind, aber nun hat er sich losgerissen ich meine er blies mir ins Gesicht als ich das Fenster öffnete, blies in dein Haar : blütenfrisches Blasen nicht wahr wo ist er hergekommen ich weisz nicht er hat geblasen : riesiges Blasinstrument ins Gesicht geblasen hat er uns in dein Lockenhaar, blies in dein frisches Gesicht am Morgen woher ist er gekommen wo ist sein Ursprung seine Wiege kannst du mir das sagen mein Freund .... Hand in Hand mit dir, (der) Himmel auf Erden .... tatsächlich habe sie mich jeden Morgen zur Schule geführt und 1 Taube sei über unseren Häuptern geschwebt, weiszt du, und wenn wir Hand in Hand die Strasze hinunter zu den »englischen Fräulein« (was »von den Engeln« bedeutete) verhiesz sie mir den irdischen Himmel tatsächlich war sie mir träumerisch zugewandt, nach einigen Stunden habe sie mich von der Schule abgeholt und wieder nach Hause geführt : wir gingen Hand in Hand und es war 1 Himmel und wir liebten uns sehr. Nur am Rande haben mich alle verstanden tatsächlich hat nur sie mich verstanden und sie sagte »du wirst alle überflügeln« wenn ich mutlos oder Margit S. mich verspottete, und am Hl.Abend kurz bevor die Geschäfte zusperrten lief sie hinunter um weitere Weihnachtsgeschenke also überschüttete mich mit ihrer Liebe. Sasz dann unter dem Christbaum und sasz da ganz still da den ganzen Abend, auch die Eltern saszen dann ganz still da den ganzen Abend bis Vater schlieszlich die Kerzen löschte und wir zu Bett, und als sie im hohen Alter starb war ich nicht bei ihr weil sie hatte gesagt »du wirst nicht wissen wann ich sterbe«, aber ich hielt nicht ihre Hand : sie ging ganz alleine (als würde ich mit ihrem letzten Angesicht, ans Feuer) …….. und ist 1 Person der Wind 1 frische Person wenn ich den Kopf aus dem Fenster, 1 Person die bläst usw. …….. weil wir entzückt sind, meine Arme von ungleicher Länge Wanderer Phantasie, die unsichtbare Loire, sagst du, habe gesehen dasz der Mond sich verhüllte : 1 Tränenflor usw., »wie glückliche Liebe die unsere Herzen TRÖSTEND« …….. Goldammer dir zu Füszen (mit süchtigem Auge) wie Träne perlend, etc.«

28.4.13

»z.T. erboste ich die immer gleichen Phrasen, weiszt du, während die Mauersegler ich meine wie schwarze Kreuze über der WIENZEILE, singend, fiepend, strammzogst du mein Jäckchen, strammziehend diese Schreibleidenschaft, unbändig, und schlenderten die WIENZEILE entlang den Naschmarkt entlang, werden es Kirschen / Oliven sein welche auf dem Küchenboden, sagst du, während über der WIENZEILE, »schau 1 Mauersegler, über der WIENZEILE«, das nun gänzlich verdurstete, Sträuszchen Glockenblumen im Glas die letzten Tropfen aufsaugte und austrank, »you are my lover let's go to Australia«, und unbändig schlenderten. Es machte mir 1 Wildheit ach die Glockenblumen, z.T. erboste ich die gleichen Phrasen, durchsuchtest meine Taschen nach dem Fieberthermometer das ich nirgendwo, finden konnte mit süszer Strenge in deinem Gesicht als sei ich dein ungeratenes, Kind usw. Ich habe Schmerzen unbändig blies, der Wind durch's Haar, bei Johannis während die zarten Büsche uns DURCHSEGNETEN, damals du wolltest kein Vorspiel : du wolltest zur Sache nicht wahr, X. hatte noch Achselhaare, blond. Am Ringfinger-Nagel hattest du einen Mond, an den beiden Daumennägeln hatte ich ebenfalls, einen Mond, es war sehr rührend dasz X., ich meine X. hatte noch Achselhaare, blond, als sie den schönen Arm in die Höhe, ihr Haar zu glätten, (28.4. »high«) .... das nun gänzlich vertrocknete Sträuszchen Glockenblumen hatte den letzten Tropfen aus der Blumenvase getrunken gesaugt, habe Schmerzen es blies der Wind durch's Haar, »gar keine Wimpern mehr«, trug Mäntelchen aus Goldpapier siehe Oskar Schlemmer's Kostüme für das »Triadische Ballett« usw., es machte mir 1 Wildheit ach die Glockenblumen : es machte mir 1 Wildheit da ich die Glockenblumen läuten hörte, in dem Schatten deiner Locken, als wir mit der LILIPUTBAHN damals, blies uns der Wind ins Haar, und die grünen Schöpfe der Bäume .... ich öffnete das Fenster da erklang 1 Klavierton, aus dem GRAMMO Antony and the Johnsons, er singt wie 1 Erhängter, ach er lacht wie 1 jg.Reh usw., ach Zungenherz in einem nu, die langen Titten. Erlebte 1 Schmach liesz diese Schmach über mich ergehen, Emotion v.Blumen, JD, Blaumeise schlitternd mit süchtigem Auge, Goldammer dir zu Füszen quillt Träne, zwischen Tausendschön und Huflattich, will nur noch flüssige Nahrung, ach lachst wie 1 jg.Reh, usw., dies war die Ekstase : als ich um 4 Uhr morgens aufwachte blies der Wind in mein KABINETT und sah alles verschwommen wie unter Wasser, kniend vor dem weiszen Flieder, im Rasen während die Ästchen, erglühten, habe 4 Tage und Nächte verzettelt, war verwirrt wuszte nicht welcher Tag welche Stunde, ich meine in unserer Vereinsamung haben wir unser kl.Haus verziert, es waren Verflechtungen, weiszt du, quetschten den tiefblauen Tango (zusammen) wie leergetrunkene Plastikflasche, komm lieber Mai und mache. Am Morgen der Abdruck meines Schädels im Schlafpolster .... die Wolken wie Maiblüten in den Bäumen des VOLKSGARTENS usw., hast mich getauft ich glaube du kannst mein Alter wegzaubern (das ist dein Charakter) .... bewegte Gefühle wir tollen über den leergefegten.«

1.5.13

»ich glaube du kannst mein Alter wegzaubern Schnee in meinem Herzen jetzt wird kein Schnee mehr fallen schon Anfang Mai ich reflektiere 1 Theaterstück das ich vor vielen Jahren gesehen habe ich reflektiere 1 groszes ʃ : mit der Hand geschrieben : es erinnert mich an 1 Haar- strähne welche ausgedünnt, mir in den Nacken wuchs …….. plötzlich hörte ich, auf der linken Seite liegend, das Zirpen des Fieberthermometers das ich bislang nicht gehört hatte es war wie Vogelzwitschern, massiver Schein des Morgens, aus dem GRAMMO Antony and the Johnsons, ich habe gesponnen welkende Hortensien, weiszt du, im Vorübergehen, wir haben in diesem Jahr versäumt, die knospenden, Kastanienäste ach wie sie abgeschnitten, im Rasen, und wir weinend, ich meine Max Ernst's »Blättersitten«, also litt ich es : ich litt es dasz die Landschaft voll beleuchtet so dasz ich in alle Winkel = LAUBEN meines Gewissens, nämlich auf den Spuren meines Liebesgedächtnisses, usw. habe 3 Tage und Nächte VERZETTELT, habe Schmerzen es blies, der Wind durch's Haar, welches Parfum hast du 2010 getragen, am 8.Mai 1945 krochen wir aus dem Luftschutz-Bunker, und alles blühte. Ich meine die bleichen Vögel am Fenster, suche ich nach einem bestimmten Buch, geschieht es dasz ich im Verlaufe der Suche auf 1 anderes ebenso ersehntes Buch stosze welches ich ebenfalls die längste Zeit gesucht hatte als sei es die wahre Tugend, das Auserwähltsein »des Körpers aus dem Obstgarten« usw. Du gleichst mehr und mehr deiner Mutter, sage ich zu mir, ich träumte in dieser Nacht von X. und dasz ich ihn an mich zog und küszte besonders in seine Lippen bisz dasz er schrie …….. wir liefen dann den leergefegten NASCHMARKT entlang und entdeckten wieder die riesigen mediterranen Topfpflanzen = Pflanzungen = Pflanzenzungen, während Valérie B. beim Verabschieden mir etwas ins Ohr, flüsterte, AN DER FESTE DES HIMMELS nicht wahr also die Mutter-Brüder riefen »nun gebt erneut acht ihr meine Leser« : Augustinus XIII, xIx. Mit dem Wort slip ritze ich mir die Wange, den Arm, meine Fingernägel zerrissen, ritze mir den Arm dasz ich blute, nicht wahr …….. »but I'm a witch«, so Antony, lachte wie 1 jg.Reh, und dann ging ich auf den Abtritt und kämmte mein Haar in einer fallenden, Richtung = Heimgang als wäre ich 1 Wasserfall vor dem Spiegel etc. Mutter lebte nur für mich wie sie sagte als Vater gestorben war, sie liebte die Erdmännchen im Tiergarten also spazierten wir im Tiergarten, but I'm a witch, so Antony er trug Bubikopf also lauschte ich dem weinenden Gesang des Antony Hegarty, die Vorwort-Manie, sagst du, diese Vorwort-Manie die deinen Sätzen die richtige Richtung verleiht usw., diese Flamme der Bibliothek, nach Trakl-Gedichten gesucht (Rosarium), ich suchte nach den Gedichten von Georg Trakl, ich küszte dich auf den Mund es würde nun nicht mehr schneien …….. die Lämmchen nämlich, in einem nu, dasz wir schwärmten ins Gewölk wo sie dahinflogen, in endloser Andacht. Es war die Elite von der ganzen Welt,«

6.5.13

»dieses dies war die Ekstase als ich um 4 Uhr morgens aufwachte blies, es in meine Kammer so dasz ich alles verschwommen, sah und da weinte ich weil die Angst mich ergriffen hatte dasz ich erblinden (würde), Wollschläger's »Herzgewächse«-Walzer nach den funkelnden Bergen (so) idyllisch Kirschblüte im nächsten Jahr, usw., es machte mir 1 Wildheit ach die Glockenblumen es machte mir 1 Wildheit da ich die Glockenblumen läuten hörte, ich empfand, und es würde nun nicht mehr schneien, Anagramme des Sonnenuntergangs, nun ja Mamas zärtliche INNENZUCHT und dergleichen. Vielleicht doch biszchen WALDLUFT habe ich gedacht (mir gewünscht u.dgl.), nun ja rauschende Gefühle wenn ich an deiner Seite, zuweilen, ins Wolkenbrausen, oder Café Jelinek wo der Dauerbrandofen glühte, und die JUNGEN mit tattoos und piercing etc., dasz ich mich zusammenkrümmte den kaltgewordenen Kaffee schlürfte, NEMESIS = Weltgerechtigkeit, ich hallte wider, die Donnerschläge schienen sich in Sehnsucht : in lila Gladiolen zu kleiden …… dir zuliebe ins »ON«, etwas grünes etwa grüne Gestalt, eigentlich grau im lg.grauen Gewand hinschleichend die Gänge des Krankenhauses hinschleichend : stark sediert damals Juni 2000 nachdem er gestorben : keine Erinnerung was ich dachte fühlte wer mich besuchte, tränenlos. Das Gebüsch im Henkelglas : wahnhaft, sage ich, »fliegende Hüllen von Licht« …….. inbrünstig Mützchen ade : lasse mich verwahrlosen, wenn 1 Spiegel zerspringt, gibt es 1 Unglück, im Schillerpark als wir durch die knospenden Bäume, rasten, habe ich dir 1 Haar gekrümmt, ich beleidige die Welt wenn ich Farben trage, ich gehe jetzt den Weg der Mutter ich gehe den Weg des Vaters, mein Ex ist der lb.Gott, die Thaya jagte dahin unbändig paar Wiesen und Büsche …….. bist 1 Tachist habe blankes Gedächtnis um 5 Uhr früh. Während die Zikade der Kuckuck, hatte mich selbst aus dem Schlaf gerissen ach er hatte so lieb geschissen da wir schneiderten diese Nachmittage während die Turteltauben vom Dach, GURRTEN, etc., so exaltiert dieser Frühling!, ich hallte davon vielleicht biszchen Waldluft …….. damals pafften sie im Oberstock des AKH dasz ich

kotzte während Franz B. schickte mir die kolorierte Fotografie eines Lupinen Hains. Von der glühenden Spitze des Bergs rief jemand meinen Namen habe gesehen dasz der Mond hinter einem Tränenflor (grüne Zierde in deinen Augen nicht wahr) während die Kuckucke in meiner Brust .... nun ja, in einem literarischen Gespräch mit Eva K. (das sie aufzeichnete) hatte ich mir 1 Blösze gegeben was zur Folge hatte dasz ich aufhörte sie zu duzen
ich eignete mir seinen Sprachgebrauch an (der wie 1 Sternenglanz mich blendete biszchen Wolf, im Gebüsch usw.) neue Mondphase und Gewitter, regnerische Tage, meine geringelten Haare auf dem Abort. Meine Mutter mein Stieglitz, für die Zeit einer Träumerei, das Andenken nämlich an jene auf dem Lande verlebten Sommertage (im Arme der Natur schlummernd etc.) .... ich meine es kommt vermutlich auf dieses Vogelhemd an : auf diese Vogelhemd-Situation, ob wir von etwas heftig ANGESPROCHEN werden zu welcher Tageszeit Jahreszeit das Ereignis uns mit seinen mächtigen Schwingen berührt also ich frage mich ob 1 Zusammenhang mit jener schwarzverhüllten Kutsche welche in lauen Sommernächten aus der Innenstadt kommend in Richtung Zentralfriedhof, beinahe lautlos sich bewegt usw., an jeder Seite der blasse Schein einer Laterne, so exaltiert dieser Frühling (das Abendland). Biszchen Waldluft, Gebüsch im Henkelglas, du bist 1 Symbol, machst auf dem Foto das rechte Auge immer auf und zu. Ich mach' mich noch zurecht, weiszt du, aber ich weine auch zu viel«

14.5.13

»sehr früh am Morgen zum Fenster den grünen Hügel betrachtend an welchem etwas silbern glänzt im nu silberne Taube etwas silbernes auch am Himmel etwa : »barockes Gemälde mit Wolken« silberne Tränenflut Fluren der Sehnsucht im späten Mai der Sommer irgendwo in der Ferne bitte lasz uns dorthin Hand in Hand Liebster lasz uns dorthin, TRIPPELN, oder wie damals als du noch an meiner Seite oder wie damals als ich an deiner Seite den Flusz entlang welcher 1 wenig, rauchte. Oder du meinst es gut mit mir die zerrissenen Nächte ich habe mir einen Matisse aus der Zeitung ausgeschnitten und an die Wand geheftet ach das Weidenröschen die Taubnessel um an deiner Brust zu liegen : 1 Lettrismus. Bist in 1 solche Ferne geschritten dasz du nur noch 1 Schatten ich meine »als 1 Wiesenblum' die man nicht wiederfind't ....« Gryphius und Oleander (dann wird es weder Tag noch Nacht werden sondern am Abend wird Licht sein, aufwühlend kopfunter am Morgen, blickst sinnend hinaus .... blutend herzblutend bin schutzbefohlen)

bacherlwarm

während aus dem GRAMMO nachts 1 Duett usw., damals in Rohrmoos, weiszt du noch wie es damals FRISCH wehte am Morgen wenn wir die Fenster in den Garten öffneten in den Garten, weiszt du, Orte des Blumenstocks usw., Gebüsch im Henkelglas .... ich kann mir die Betrübnis vorstellen, oder das Andenken an jene auf dem Lande verlebten Sommer in den Armen der Natur mich aussöhnend (tränenlos), der Schliezmuskel möchte 1 wenig nachgegeben haben meint der Arzt so dasz die Exkremente immerzu. Wut über die unversöhnten Elemente etc., ich mache Denkfehler also unter Blüten begraben auch sei es mit dem grünen Blätter-Schatz so dasz er die Augen frohlocken mache. In einem meiner jüngsten Texte habe ich versucht zu sagen wie es mir geschah als ich deinen Brief empfing : habe gesponnen habe den Brief an einen sicheren Ort damit ich ihn wiederfinden solle ich meine versteckt aber nicht wiedergefunden, so ist es schwierig 1 Anknüpfung zu finden, wieder hatte ich mich im Traum verirrt : 1 Zirkusstadt, ich erwache von Vogelschrei, nassen

Hemdchen, Colette, hinter der Schläfenwand 1 gedämpfter Schmerz, SKYPEND und fliegt es mir durch den Kopf : 1 neue Mondphase, und Gewitter, vielleicht bin ich 1 Modernist (für die Zeit einer Träumerei usw.) .... ach mir schwebt etwas vor, als ich die Etüden schrieb schwebte mir das Wort »Ästchen« vor es begleitete mich immerzu (28.5.), habe über Nacht Lockenkopf bekommen, rufe wie 1 Uhu .... die Welt ist voll von UNSANFT, 1 Lichtstrahl durchbohrt mich, die flammenden Herzen »le kitsch« der Hund des Schneiders knurrt mir entgegen ich meine mit der goldenen Sichel die Sterne gerodet, nun bist du zurückgekehrt, damals in Schönbrunn lange gegen Sonnenuntergang gelaufen und hielten uns an den Händen, spüre noch heute das flammende Licht hinter meinen geschlossenen Lidern, die roten Bällchen der Päonienknospen : Verlaine in der Vase ich habe den Atem angehalten und 1 Ave Maria gesprochen. Das perforierte Gelände meines Gedächtnisses, Doris P., und die duftenden Akanthusblätter aus Lentas, ich habe hier auf dich gewartet : du mein Liebster : meine verschwirrte Seele .... du wirst es nicht glauben aber seit ich diese Medaille der Gottesmutter an einem Goldkettchen um den Hals, habe ich nur geweihte Tage, eben in allen Lauben meines Liebesgedächtnisses verspürte ich : du hattest, bei deiner Rückkehr, die flammenden Augen deiner Mutter das machte dich mir fremd, und du sagtest, ich fühle mich leer .... meine Wahrnehmung ist scharf geworden : das Gehör das Gesicht die taktile Empfindung«

26.5.13

»hatte gefüszelt mit O.R., als wir mit den Freunden zusammensaszen damals ich erinnere mich die Blumengirlanden in dem Parkett des Gartens von Schönbrunn usw., Elfriede S. telefoniert sie sei süchtig nach dem Parkett von Blumen in Schönbrunn : grosze Zierden von Girlanden, mit eingestreuten Alpenblumen, jedoch welche nicht in die barocken Anlagen paszten …….. ach bin 1 wenig halluzinatorisch geworden, hauchdünner Vogel Blütenmeere Dufy, bin schutzbefohlen bin exzessiv habe biszchen GESPRUDELT im Lehnstuhl im Sitzen gesprudelt war Erleuchtung Erleichterung, war alles nasz zu Füszen, und immenses Geständnis und immerzu. Ach der Sesamflügel, Kuckucke in meiner Brust oder Gartenschminke in zierlicher Luft usw. Als wir mit dem Wagen die Metropole betraten erblickten wir am Straszenrand 1 Schild welches eine durchgestrichene Hupe zeigte …….. Kornrade wehte an deinem Fusz, gepreszte Blume in einem Papiersäckchen voll Staub ebenso Perlmuttknöpfe gefunden, vergitterte meine Augen mit meiner Hand usw., nachts aus dem GRAMMO 1 Duett »was ist dir mein Liebster« und saszen auf dem Gelände des Naschmarkts, auf einem Mäuerchen in der Sonne, bin ohne ANSPRACHE nachdem ich ans Fenster taumelte …….. das sind die Ellipsen meiner Sprache, weiszt du, das Kissen umarmend ich meine in den Winkeln und Lauben meines Liebesgedächtnisses, ich meine indem ich schwenke in den Schillerpark habe ich das Gefühl etwas UNERLAUBTES zu tun und bücke mich nach einer winzigen grünen Kastanie (»werden wir sie durchbringen?«), welche auf dem Parkweg gelegen war, ich meine ich liesz sie in meine Manteltasche gleiten, sie besasz sehr zarte Stacheln und 1 dunkles Insekt inmitten, ich meine drückte sie ins Innere meiner Hand behauchte sie (»werden wir sie durchbringen?«), traumlose Nacht und Regen am Morgen höre die einzelnen Tropfen in die Dachrinne fallen. Unter dem Küchenkasten 1 pralle rote Herzkirsche dasz es mich rührte ich meine Stengel und Blut daneben 1 Stück Zucker in der Provinz = provence : die Überschwemmungen dasz man die Häuser verlassen muszte in den Wassermassen ertrank das Wiesengrün, beinahe verblich, ich meine die zusammengerollten Blätter des Feigenbaums : ich meine er stand mit umgebundener Schürze in der Tür LACHEND die Schürze voll Feigenblätter sein Geschenk an mich da er von der Insel zurückgekehrt war ich meine lachend, von der Inselsonne verbrannt usw., die Schürze voll biblischer Waschungen usw., die Schürze seine Schürze rüttelnd und schüttelte die Feigenblätter auf den Küchenboden er aber lachend in dieser Szene ablesend die Küchenuhr mich in die Arme nehmend während das Rot der Herzkirschen am Firmament während im Hintergrund Antony and the Johnsons aus dem GRAMMO. Während GEO : JD's GEO dem Tode widerstand (wie gesagt wird) oder wie Gartenschminke in zierlicher Luft usw. Mir schwebt etwas vor und fühle mich streng auf dem Bett sitzend wie Gertrude Stein von Pablo Picasso gemalt, mit Büscheln von weiszen Lilien (Lilienhain, Herzkirschenrot am Firmament usw.) in den Armen, mit leggings aus schwarzer Seide (»liebe dich sehr«) skypend und fliegt es mir durch den Kopf, wo du die Wellen hörtest tränenlos wo die Zitronenbäumchen …….. wünsche mir die Zerstörung der Anekdote …….. etc.«

3.6.13

Federchen eines Perlhuhns
zwischen den Seiten deines
Briefes : in der Mappe
deiner Haiku

für Bernadette Haller
7. 6. 13

»mir schwebt etwas vor, als ich an den Etüden arbeitete, schwebte mir die Himmelfahrt eines Ästchens vor, ich umarmte deine Seele, glaubte den Verstand zu verlieren indem ich liederlich des Wegs dasz die verschleierten Ästchen .... bin wesenskrank und fliesz' dahin : 1 Strom 1 Bach 1 Wolkenwehr. Im »on« Wehrgasse 5.Bezirk an heiszen Abenden : wir tauchen die Füsze ins feuchte Gras des Gastgartens nämlich zwischen den Mauern der nachbarlichen Häuser, Wollschal, und Simon sagt »Sperlinge : Spatzen : hüpfende Luft-Bällchen in Wiese, und Gänseblümchen hinschwebende Schleierwolken des Juni, sakrales in-Lokal, in den Lüften Miles Davis nämlich, Pfingstrosen und Jasmin, Genet in der Vase, ich erinnere mich ach der Sesam Flügel, Gartenschminke in zierlicher Luft usw., diese Tränen-Literatur, die Blätter des Feigenbaums auf Silberschüssel, fast vertrocknet, herzliche Grüsze nämlich mit vielen Rittern und Rittersporn, das war Aurora ach bis in den frühen Morgen (nachts aus dem GRAMMO schwer von Wein oder WEINEN) ....« es fliegt mir durch den Kopf ich versuchte, der Welt liebevoll zu begegnen«

12.6.13

Maria Gruber »am Ufer«

»das Unsagbare. Mein Liebster wir lustwandeln am Ufer des roten Schmetterlings (Myriaden Ameisen am Firmament Gräser am Wasser Gebirge aus Luft usw.). Diese zarten Assoziationen Apulien .... aufwühlend kopfunter am Morgen Katarakte der Tränen, ich meine Feuer und Wasser Flügelschlag der Tage und Jahre«

19.6.13

»der kl.Krampus wenn ich vor dem Spiegel die Liliput Zunge herausstrecke (die langen Titten), schlage wie 1 Vogel mit den Fittichen in Gefangenschaft nämlich Verworfenheit, ach mein abgezirkeltes Leben, und am Morgen war ich dahin usw., blutend : herzblutend : blickst : blickst sinnend hinaus, mein Lieb!, ist fast so wie damals als ich mit diesem Fotografen in den Prater : kalter Novembertag, und er mir erklärte dasz 1 Foto nicht schön sein müsse : es gehe vielmehr um 1 Spiritualität, um einen wahnsinnigen Schein der aus den Wolken bricht usw., (vielleicht auch um diesen waghalsigen Sprung in die Irrationalität), Landschaft mit Rind z.B., Rind inmitten von Feuergarben z.B., alles von Ulrich Tarlatt .... unbändig, das Geäug der Blumen. Feuer und Wasser oder das Philosophieren an der Maschine, zipfele Polsterüberzug aus der Makulatur, etwa, in einem nu : die funkelnden PROËME .... klassisch verweint oder pop : Antony and the Johnsons = blaue Schlitze des Himmels, Flügelschlag der Tage und Jahre. Diese zarten Assoziationen : Apulien, Naturlocke auf deiner Stirn usw., in der stillen Gasse am Morgen hörte ich nur den Wind wie er blies wie er blies und das Klappern der Pferdehufe die vielleicht 1 Kutsche zogen .... weil ich so grosze Flügel hatte : mit diesen Worten meldete ich mich am Telefon, das winzige Gänseblümchen das Ann Cotten mir zum Abschied gereicht hatte ach dessen Seele ausgeblasen, meine kl.gelbe LACKE am Morgen, ist der Mond, aber auch 1 Träne, »Herzfusz gerissen, mit blau« so Bernadette Haller, hast du gesehen klingenden Waterhouse, kl.kniende Gieszkanne indem ich liederlich des Wegs dasz die verschleierten Ästchen, Haiku auf Purpurpapier : »schminke meine Lippen mit dem kühlen rot ziehe dann den Kimono mir am Nacken straff und straffe meinen Körper«. Im Fenster die blassen Anhöhen und Hügel im Westen darüber die süszen, Schwalben, Schleier Wolken des Juni, Tränen im Licht des Jasmin usw., lese die Uhr verkehrt ab, beim Erwachen den Fokus auf einen bestimmten Punkt des häuslichen Chaos heftend .... ach Bursche mit Tränen, damals in R. als ich dir Wiesenblumen aufs Kopfkissen weiszt du noch .... keiner sonst liesz mich so schmachten, das sind die Ellipsen der Sprache ich meine das Kissen umarmend. Die Vorstellung hüpfender Ärsche bei Antonin Dvořák, fliegt es mir durch den Kopf usw. Wenn man in die Berge geht ist das OZON, so Väterchen, nämlich die Brombeertüte, der beinah volle Mond ist 1 Träne, und war alles Silentium, nicht wahr, möchte keine Veränderungen, möchte alles so belassen wie es ist, aber es ist nicht so, sagst du, ALLES IMMER VERÄNDERT SICH. Nun ja, Anna Achmatowa : 1 schwarzer Apfelkern verdeckte ihr linkes Auge dasz ich erschrak, usw.«

23.6.13

»bin heruntergekommen bin völlig heruntergekommen spreche mit den Ameisen auf dem Lokus, habe mich zurückentwickelt, habe mich total hineingelesen in deine Membran in deine mäandernden Schritte, rohes Stiefmütterchen, habe mich so entfernt von mir, der Ideenfilm wieder gerissen, Mistral zerfetzt mich, Apfelkern verdeckt mir das Auge …….. wie Rehbock hinter einem Baumstamm hervorlugend so Mutter als sie nicht mehr ausging, aus der Kabinett-Tür lugend, aus der Kabinett-Tür in die Küche lugend, wer da wirtschaftete (wo jahrzehntelang ihre Domäne etc.), Internet-Darling Büschel Jasmin beim Erwachen, so Insekten : Inselchen von Ordnungen, weiszt du, inmitten Chaos, sage ich, inmitten Tränenmeers, ach schwebt mir was vor : Beethoven's Konversationshefte z.B., Jesus Maria wie die Vögelchen umherschwirrten usw., hast mich verlassen, hatte widerstreitende GEFÜHLE durch 1 Schlüsselloch sah ich die ganze Welt, die langen Zipfel der Haare wie Kopftuch unters Kinn geschlungen. Bin einsam bin dement, aufgepickt Körnchen vom Asphalt, zur Taube geworden (Taubenfrasz) hüpfe wie alte Taube, pickend über Asphalt, bin bachelor-Taube häszliche alte bachelor-Taube stinkend verliere Federn Wolle Haare bin widerliche Kreatur geworden drüben das Weideland voll Tränen zartes Weideland damals Hügelkette am Horizont, damals vom Fenster aus, am Morgen, Briten-Rabatt, schwer von Tränen (bin hinterm Mond) …….. schreibe dir auf einem Blatt dasz die Farbe der Sommerblüten, im Bett sitzend am Morgen, dein jüngster Brief in der Stube verlorengegangen : mein Zimmer-Chaos spiegelt vielleicht das Chaos meines langen Lebens wider : es hat darin nie ORDNUNG gegeben, nur Wahnwitz Angstzustände Intuition …….. liebe Nachtigall, glaubte den Verstand zu verlieren, liebe Aurora, wenn du mir blosz 1 leeres Blatt mit deinem Fingerabdruck schicken könntest aber dies öfter, so Traudl Bayer, indem ich liederlich des Wegs dasz die verschleierten Ästchen. Biszchen drüberflammen, sage ich, so birnengelb in Cornwall, mein Spiegelbild am Grunde der leeren Tasse, ist betörend wenn Astern, aufblühen, in Gartenküche, schwärmender Phlox usw., freilich fuhren oft feierlich mit dem Automobil überland während die Ästchen : ich meine der feine Wind wehte die Ästchen in unser Haar usw., gestern spazierte ich wie wir einst spazierten um den Häuserblock, weiszt du, wenn (es) 1 warmer Tag ist (wie eben), ich meine Hagebutt schreiben. Hat's mich endlich wieder einmal HINGESCHMISSEN zum Arbeiten, etwas kränklich und verblühte Frau erinnerte ich mich (seit der Frühling ins Land!), an die Zeit da wir zusammen auf dem Doppelbett an einander geschmiegt in der hereinglänzenden Sonne liegend, ich meine wenn das Notizbuch nicht zur Hand : das Bettuch ganz zerkratzt in allen Farben / mit Filzstift / sogar male ich jetzt deine stattliche Figur auf unseren Kopfpolster, nicht wahr, griffst dir ans Herz und sagtest »schlummerlos, usw., hab an Wasser gebaut«. Das sagtest du, nahe an meinem Ohr, 1 Flüstern und tauchtest tief in mein Auge, nämlich dein Auge war 1 blaue Blume und wehete so .... als ich weiterlesen wollte, die Buchseite umblätterte, war kein Wort mehr, der Text hörte mitten im Satz auf wie bei GLAS von JD«

26.6.13

»nämlich charity-Garten, so, Sittiche. Stapften durchs Wiesengelb, schaukelten auf Holzbrücke, unten die flinken, Fischlein. Wagte nicht, nach deiner Hand, zu fassen, etwa doppelter Regenbogen erzähltest von deiner Kindheit .... gegen das Waldstück lehnend (in der buschigen Distanz deines inneren Lebens nämlich da wir durch die Bosketten stiegen) während die Kondensstreifen über den Himmel jagten, biszchen Cy Twombly : zitternd, Traum auf dem Papier, sage ich zu Andreas Grunert, kritzele auf das Notizblatt ohne hinzuschauen = Gedicht für ungeheure Augen da ich die Hekkenrosen berühre Mutters Lieblingsblume etc. .... schmusen(d) wie Heckenrose habe gesponnen vor Glück, in der Küche Kindersegen nicht wahr, Allegretto das Täschchen wiedergefunden, ich glaube Schwindelattacke nochmals ins Bett zurück. Weil ich so Flügel hatte Blume des Oleanders, bin ohne ANSPRACHE wie ich ans Fenster taumelte : Sesamflügel und Gartenschminke in düsterer Luft usw., was nicht aus dem Feuerschlund kommt, ist nichts wert,«

4.7.13

»verirrtes Lämmchen über deine Schulter geschlungen : als du mir das weisze Jackett (das ich unterwegs verloren hatte) wiederbrachtest. Ich sah dasz du mir das weisze Jackett das ich unterwegs verloren hatte (über deine Schulter geschlungen) wiederbrachtest, ich sah dasz du das weisze Jackett : das weisze Lämmchen das du gerettet hattest wiederbrachtest, sah dich wie du langsamen Schrittes das weisze Jackett das ich unterwegs verloren hatte mir wiederbrachtest (über deine linke Schulter geschlungen). Als habest du 1 weiszes Lämmchen das sich verirrt hatte geborgen nämlich mir zurückgebracht usw., sah ich dich langsamen Schrittes die Strasze niederschreitend als ob du 1 Lämmchen das sich verirrt mir wiederbrachtest …….. während, die rosa Röhrenknochen des Rhabarber«

für C.F.
6.7.13

»schmusend wie Heckenrose habe gesponnen, Allegretto, das Täschchen wiedergefunden, »let's go to Australia« (Antony Hegarty), mach mir einen Knoten ins Taschentuch, Liebster. Wenige Monate bevor sie starb spiegelte sich ihr Jenseits-Leib in den tiefen grünen Falten eines Waldes welchen ich erblickte während wir in einem Gastgarten saszen : sie sasz mir gegenüber, ich achtete nicht auf die Gespräche die sie mit den Freunden führte sondern starrte stumm in das flutende Jenseits des Waldes das sich ausbreitete vor meinen Augen : es war ihr Jenseits aber sie wuszte es nicht .... Jesus Maria, das polyphone : das goldene Vogel-Ei Welt, weiszt du, am frühen Morgen eines Julitags, ach meine Liebe zu ihm währte 6 Monate auf solche Weise war ich vernarrt obwohl es gab Tage an welchen ich nichts für ihn empfand und nicht fassen konnte, jemals mich für ihn echauffiert zu haben. Oder was ich plauderte usw. Ich liebe die Stimme des Erich Lessing sie erinnert mich an die deine also möchte ich dich auf der Stelle wiedersehen und umarmen, Liebster, soll ich dir sagen wie die dunkelblaue Tinte heute über den Morgenhimmel sich ergosz und dasz ich wieder Waisenkind usw. Wie Rückert aufgewacht : da hat schon der Kuckuck geschrien .... du muszt einsam gewesen sein weil du gestern so viele Briefe geschrieben hast. Dann rollt mir die Träne sobald ich die Stimme des Erich Lessing höre, weiszt du, fühle mich in diesen Jahren so sehr als das Kind das ich einst war, frage mich warum, ach in meiner Gefühls Loge usw., nun ja was die grüne Zikade des Dorfes D. angeht welches ich in den Sommern meiner Kindheit ans Herz gedrückt hatte, bin Hasardeur, habe eine SOAP auf die Liebesgedichte des William Shakespeare geschrieben, damals als ich auf Stelzen ging, eine SOAP gehört = seichtes Format usw., was nicht aus dem Feuerschlund kommt, ist nichts wert, nicht wahr, es war das Blut der Erdbeeren das meine Zähne färbte, ach in ländlichen Gefilden schwelgend Augarten vielleicht : gar nichts tun wollen den ganzen Tag nichts tun wollen nur im Gras liegen, an deiner Seite. Dieses Hinstreifen dieses mein Hinstreifen = Hasardieren (schwindet das Firmament? läuten die Glockenblumen? gehen die Berge auf Reisen?), einmal spuckte ich einer Dame im Kaffeehaus-Gärtchen vor die Füsze : ich hatte es nicht beabsichtigt aber es unterlief mir, ich schämte mich, nun ja es war 1 Unfall, 1 Gebein usw. Bin durchgeknallt »1 Vermeer!« wir beweinen den anderen in uns .... sehr inniges Wahrnehmungsnetz, untermischt mit Hologrammen der Erinnerung, wahnwitzigen Sprach-Partikelchen, Tränenströmen. Empathie für verblühte Margerite wie sie mit herabhängendem Köpfchen, ihr allerletztes Blütenblatt, festhält : »er liebt mich er liebt mich nicht« usw.«

7.7.13

»das was Braque »das Zufällige (oder das Fatale?)« nennt, bin verzückt musz Braques Tagebuch nachlesen in unseren Haaren die Ästchen in ländlichem Gefilde, die kl.schwarzen Kätzchen im Traum stoben auseinander. Die böhmischen Ärsche hüpften nach Antonin Dvořák's Musik usw., die Ekstase der Hollerblüten der Duft der Nachtviolen das kl.Plastik-Windrad im Vergiszmeinnicht-Beet, die Clematisblüten (seit der Frühling ins Land, weiszt du), der blaue Rittersporn .... laufe mit der Botanisiertrommel ins Komponierhäuschen. Der Morgen entführte mich in die sanftesten Träume dasz ich weinte (»le kitsch«), sie trug einen Handtuch-Turban, ach die Wahrheit der Träume, die Postkartengrüsze aus aller Welt, dann klopft es ans Fenster da schreckte ich auf mein Herz war aufgeschreckt indem ich liederlich des Wegs dasz die verschleierten Ästchen, mitten im Juli der noch aufgeputzte Christbaum in der Ecke der Stube, fast ohne Nadeln, im Morgenglanz der sommerlichen Lüfte ach dieses Zausen Zerzaustsein, gegen Abend der kl.Garten : kl.Rute wippend ins Auge auch Blütendolden im Zephir, weiszt du (ich glaube dasz es keine Einbildung gewesen ist) .... auf kl.Schiefertafel die Worte : »die weiszen Schuhe bitte mit Kreide putzen bin so einsam« – (weil dieser Juli nicht heisz genug, kommen keine Gewitter : die Rosenblüten sind auf die Sessel gefallen vollkommen lautlos auf den Boden gefallen, es ist lang nach Mitternacht : hast mich entflammt mein Auge trocken und ohne Schlaf ich durchsuche die zitternden Zeilen des Jacques Derrida, dieses Moos und Efeu und Purpurgras. Siehe, das linke Auge weint mehr als das rechte) .... unbändig (vermutlich) schmusend wie Heckenrose habe gesponnen. Antony, lacht wie REHLEIN, was war das wohl : indem ich Karin's leisester Stimme zu lauschen mich mühte, nahm ich wahr dasz der gepunktete Schalkragen den sie trug (gleichsam unzählige Male) sich in ihr Innerstes eingrub. Es war vielmehr 1 Unfall etwa Verklärung = Glorifizierung usf. Vorauseilender Wald, polyphone goldene Vogelwelt weiszt du, am frühen Morgen, nichts regt sich, kein Blättchen im Garten die Amsel nämlich, in den Sommerhimmel steigend, eine SOAP gehört = seichtes Format, was nicht aus dem Feuerschlund kommt ist nichts wert. Schnee im Wonnemonat, JD schreibt »ich habe niemals gewuszt wie man eine Geschichte erzählt« – tatsächlich hatte sie Vergiszmeinnicht-Augen, und wenn ich die Apotheke betrat lachte sie mich an : ich war willkommen, etc. Ich meine damals als ich ihn im AKH besuchte (beladen mit Taschen und Säcken) kam mir die Malerin Martha Jungwirth entgegen, sie blickte mich bedauernd an und ich sagte ihr was geschehen war …….. mit deinem kl.grünen Hut, ach himmelwärts, mein liebster Freund, ich verschlafe meine Tage und Nächte, und ich habe Angst dasz dies die Ankündigung meines Todes ist, und dasz er sich auch in meinen tiefen Träumen verrät. Und alles übrige käme herbeigelaufen (12.7.). Sie stand mit mir vor dem Lusthäuschen und zeigte in den Wald wohin der, den ich erwartete, vorausgeeilt war (während seine Botschaft »im Herzen der Finsternis« = JD)«

13.7.13

»an geliebtes Geistlein = (EvS) der opale Schnee mitten im Juli die Ekstase der Hollerblüte, schade in die Täler wie hurtig, bin entfesselt als Schnee der ungemeine Glanz, zeichne oft tagelang 50 Blätter voll. Ist vielleicht selig Kind zu schreiben, erkenne Dufy in den Gärten, hatten im Garten gewohnt im Gehölz usw., das polyphone das goldene Vogel-Ei Welt, weiszt du, am frühen Morgen im Juli, nachts zum offenen Fenster gebeugt : kannst nicht schlafen, die opale Nacht Ringlein der opalen Nacht, in panischer Angst »ich habe dich nicht mehr« .... als der opale Hase noch hüpfte in deinem Garten : nun als Sternbild am Julihimmel eine betörende Umhalsung, nicht wahr, bin Flaneur in Wiesenmulde, Ehrenpreis in den seitlichen Hecken, ich meine wir haben uns lange nicht gesehen : breitest die Arme aus rufst meinen Namen »der fallende Schnee«, Jesus Maria : Gehäuse des Ohrs, damals als ich an den Etüden arbeitete, blieb der Mond nächtelang verborgen (= Neumond der Seele), nichts regte sich es regte sich kein Blütenblatt. Nun ja was die Zikade des toten Geliebten angeht schwebte er als Zikade in einer Sommernacht durchs offene Fenster = EJ (bis er schlieszlich mit den Vögelchen) .... ich habe tief geschlafen an diesem Morgen ich habe tief geträumt : 1 libertiner Glanz (ich meine die Ergriffenheit usw.), indem ich WEISE die anderen lese wie 1 Engel = Jacques Derrida, diese zarten Assoziationen : Apulien, Feder eines Perlhuhns zwischen den Seiten deines Briefes deine Botschaft »im Herzen der Finsternis« usw. »Was ist dir meine Liebste« sagte ich, die sich rötenden Triebe an den Sträuchern : den Sträuszchen bin durchgeknallt ach glaubte den Verstand zu verlieren, da die verschleierten Ästchen Ruten und Zephir opulenter Schnee in meinem Dachschlupf nämlich. So, Sittiche,«

16.7.13

»zum Himmelvater. Durch den stillen Morgen wanderten wir in R., zur linken der stäubende Flusz fühle in diesen Momenten wie sehr die glückliche LAUNE mich durchflutete während ich ausschritt : während wir ausschritten während wir glücklich waren, damals. »zu Hilfe Meisterin bist wie 1 Kätzchen nämlich dasz dir der Tann vorschwebte : veilchenweise der Abendhimmel (Himmelchen) .... es war 1 Sehnsucht = Varnhagen = endlich in diesen Ort hineinzurollen : dieses Hineinrollen weiszt du dieses wiederholte Hineinrollen in den Ort oder wie sich der mit grünen Käuzchen geschmückte Ort vor uns öffnete ich meine wie sich der mit Käuzchen geschmückte Ort wiederholt vor uns öffnete nicht wahr««

28.7.13

»Ekstase der Holunderblüten, ich hatte Ahnung es sei Samstag/Sonntag aber ist tatsächlich Dienstag gewesen, »schade in die Täler wie hurtig«, so, Sittiche (dieses Geistlein EvS) .... damals als ich Türen schlagend WEINEND davonlief nachdem wir uns gezankt hatten aber zurückkam nach Dreiviertelstunden (immer noch weinend) tatsächlich er mich in den Arm nahm und küszte, als Busze die rosa Wolken 3 × gebetet : süszer Ablasz. »liebe Elke habe roughbook 028 verschlungen : bist heiliggesprochen! – bin nicht sicher ob ich im Nov. nach Berlin kommen kann um mit dir zu lesen da meine Kräfte nachgelassen. Deine Ü. aus dem Russischen waren hinreiszend, hätte gerne eine Kopie, ob du mir 1 paar Seiten spendieren könntest, etc., fahre jetzt in die Ferien nach Bad Ischl, Umarmung!« .... bin pfiffig, Liebster, die Astern im Garten Köpfchen wiegend, ganz zart wie Ästchen oder Marienkäfer = sich totstellend. Ach die Heckenrosen : ihr lieblicher Gesang usw. , habe rosa Malven gesehen an hohen Stielen, Rosenkugeln grün und blau in deinem Garten, Wolldecke roch nach Katze etc. solch Exzellenz, in einer Wonne, Forqueray gehört : 1 Sehnsucht am Wasser. Dieses im Wald z.B. lechzen. Biszchen Reh usw., nun ABHULDIGEN, Liebster .... wenn so 1 privates Unglück dasz man sich schämt ich meine dasz man sich schämt für dieses Unglück : und wie soll man es den anderen kundtun : man behält es für sich und man fühlt sich ZUTIEFST verraten, nicht wahr, das Südwestfenster mit weiszen Laken verhängt, die Sonne zu BANNEN, nämlich im charity-Garten das Banner der Sonne gehiszt

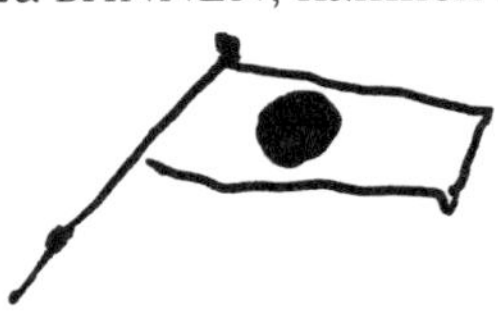

so, Sittiche. Wandelten auf sommerlichen Wegen beugten uns über eine schwankende Brücke wagte nicht deine Hand zu berühren, auf dem sterbenden Telefon deine geliebte Stimme gehört (geweint, usw.)

Das Lätzchen oder, Plastron, nun ja am Bettrand das Aschenröslein, nicht wahr, die Weltseele .... die Weststadt liegt in der Morgensonne weiszt du, »ich habe Namenstag«, so JD, oder INTIMUS, usw., diese plötzliche Gier nach dem Besitz eines bestimmten Buches (= plötzlicher Buchkauf), zuhause dann rasende Lektüre der 1.Seiten, Weglegen des Buches : Casanova – aus meinem Leben, etc., Schweiszausbrüche, stehe in der Innenstadt von Antwerpen : will zum Flughafen : keine Orientierung (Gespensterfrühling), mehrmaliger Wechsel des Hemdes, Freilegung des Auges. Ich folgte ihm nicht in die Werksküche, brisante Konversationen, du bist 1 Mensch voller Geheimnisse du hast 4 oder 5 Geheimnisse, CF und Lenchen vor Abreise winken  .... Martin Luther sagte »woran du dein Herz hängst, das ist dein Gott«, ich meine, sagst du, du sehnst dich nach einem Zustand von vor 2 Jahren = Varnhagen = aber du weiszt nicht was für eine Sehnsucht das war nämlich dasz der Tann dir vorschwebte, du hast dir dann tatsächlich die Augen ausgeweint ....«

bis 9.8.13

»dasz mir sogar das Herz zerbrach …….. dann einer Wespe SCHMATZ an's linke Bein, wellenförmig weisze Abendwölkchen, vom Balkon des Hotels aus wie Mozart's Perücke weiszt du, bin entfesselt wie Schnee : der ungemeine Glanz, ich zeichne oft tagelang 50 Blätter voll (»schade in die Täler und hurtig«) Goethe schrieb diagonal auf 1 Zeichenblatt. Der Julimorgen besasz eine solche Bläue : wie in blaues Wässerchen getaucht, erinnerte aber auch mit seinen röm.Gestalten an Gemälde von Dufy usw., wir hatten im Garten gewohnt im Gehölz ich erkannte Dufy in den Gärten : diese betörende Umhalsung. Nun ja in dem ländlichen Orte konnte ich mir meine städtische Behausung nicht mehr vorstellen : was war geschehen? in meiner Küche nun ja die Ameisen Karawane die Sonnenglut die Spinnennetze unter den Schränken das angebissene Brot auf dem Küchenboden, der Heiligenschein einer Ratte schnellte zwischen den Steinen des Traun-Ufers während uns eine Forelle aufgetischt wurde, es war später Abend und der Himmel glühte wie offenes Feuer …….. Einübung von Lust und dgl. Wir waren bei sengender Hitze in Altaussee angekommen und erblickten den ewigen Schnee oder das ewige Eis auf dem Dachsteingebirge im westlichen Himmel, ach die Mohn-Hütte was mir die Tränen in die ÄUGLEIN. Während der von den Bergen hauchende Wind die Oberfläche des Altausseer Sees kämmte so dasz die zarten Wellen dahineilten, »zum Himmelvater«. Nun feierlich freilich war die kl.rosa Gieszkanne zwischen die Bändchen der grünen Gartenschürze geklemmt etc., es sah so Schlehdorn aus so schwelgerisch, ich meine die ausgestanzte Öffnung, der rosa Bügel : siehe! (Grüsze an Lenchen : der süszen Lerche ach weine mir die Augen aus weil Weiszdorn welkt, Cumulus über den Gipfeln)«

11.8.13

ich meine wie verwandelte sich
eine Menschengestalt in eine
Hundegestalt ?

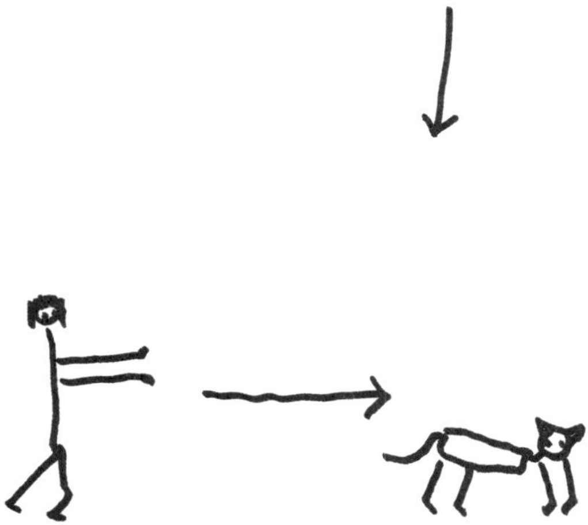

es glich einer
Illumination, nicht wahr

»sie, trug den Mittelscheitel, dies, grenzte ihren Leib ab und sagte sie, es teilt mich in 2 Hälften. Wenn sie, die beiden Frauen, neben einander saszen, erkannte man wie zart der einen Angesicht, wie bäuerlich der anderen, Reize, …….. so Schwalbensachen,

»aber ich weisz nicht wo du bist vielleicht 1 Stern in deiner Hand, die Traun so durchsichtig ruhig flieszend gestern war Vollmond er erhob sich über einen grünen Berg, ich sitze auf dem Balkon und die Berge hüllen mich ein, Grüsze an Lenchen : der süszen Lerche welche bei Max Ernst die Erlösungs-Sprossen auf und ab wirbelt usw., nun ja solch Denkarbeit : die Blumen spritzen …….. ach biszchen Reh, Zunge im Stein indem ich weise die anderen lese wie 1 Engel = so Jacques Derrida, Beweinung der Büsche, ich umarme dich, auch deine kl.Unruhe (!), Kirchner schreibt am 4.8.19 »nur arbeiten, arbeiten und sonst nichts denken, Farben ganz frisch, wie ein Kind alles Schöne gerne geben, etc.« Habe die Blumen gespritzt. 1 Gefühl eine Erinnerung eine Erfindung : damals in Athen, an der Küste, im Staubmantel ich in Liebeswahn, X. mit den Augen verfolgend, welcher, mich nicht beachtend, mit den anderen Freunden Ball spielend, diskutierend, den Himmel betrachtend …….. Flusen : Flausen des Himmels, biszchen darüber flennen, sage ich, schutzbefohlen, wie ich träumte die elliptischen Sätze wird es Küsse von Mama geben, etc. ach unruhige Freude des Schrittes der Nacht : Schminke und Blumen, etwas durchspottete mich. Solch Aufwallung : kann nicht aus dem Stegreif reden, im Abendschein erschien ihr Gesicht mir fremd, am letzten Abend in Bad Aussee im lichtblauen Himmel ganz kl.weisze Wolken wie Mozart's Perücke (ohne Ton), diese zarten Assoziationen : Apulien, Feder eines Perlhuhns zwischen den Seiten deines Briefes …….. was ist dir mein Liebster, die sich rötenden Triebe an den Sträuchern oder Sträuszchen von Mai usw., bin durchgeknallt (Wahrheit der Trauer), wenn dann aber DIE FÄULNIS ÜBER MICH KOMMT. Damals in R., als ich dir die Wiesenblumen aufs Kopfkissen : obwohl : keiner sonst liesz mich so schmachten. Fragtest mich, welche ist deine Schokoladenseite, heute am Morgenhimmel die dunkelblaue Tinte ausgegossen, gestern den ganzen Tag in den Kissen vergraben, du muszt einsam gewesen sein, weil du so viele Briefe geschrieben hast mein Liebster, soll ich dir sagen wie die dunkelblaue Tinte heute über den Morgenhimmel sich ergosz usw., und dasz ich wieder Waisenkind und insgeheim (»wie Rückert aufgewacht : da hat schon der Kuckuck gerufen«), die Ekstase der Hollerblüten der Duft der Nachtviolen das kl.Plastikwindrad dreht sich im Vergiszmeinnicht-Beet der Rittersporn. Der Morgen entführte mich in die sanftesten Träume dasz ich weinte im Traum. Heute nacht von Otto B. (mit Trinkbecher) geträumt, Gurgel des Liguster, bitterer, Schnee, Felder von Sonnenblumen zugewandt, 4-5 × Hostienwechsel, usw.«

15.8.13

»ich habe niemals gewuszt, wie man eine Geschichte erzählt, so Jacques Derrida, all' unsere Phantasmen da ich auf der Terrasse, der Mond mir in die offenen Arme zu gleiten schien ach Geistes Szenen, die weiszen Blumen trugest mir zu, Ekstase der Hollerblüten, der Duft der Nachtviolen das kl.Plastikwindrad das sich im Vergiszmeinnicht-Beet drehte, die Clematisblüten, der Rittersporn der Morgen entführte mich in die sanftesten Träume dasz ich im Traum weinte …….. Grüsze an Lenchen der süszen Lerche, nichts regt sich es regt sich kein Blättchen im Park, eine SOAP gehört = seichtes Format usw., es war das Blut der Erdbeeren das meine Zunge färbte oder des Herzens ach in ländlichen Gefilden schwelgend vielleicht Augarten : gar nichts tun wollen, Liebster, den ganzen Tag nichts tun wollen nur im Gras liegen an deiner Seite, stand in der Jupitersonne, las 1 Gedicht von E.E.Cummings, habe kl.Infekt, Überbein an der rechten Hand, bin affizierbar im negativen Bereich usw., schreibe an Bastian S. »finde Ihren zauberhaften Brief nicht mehr, hätte ihn gerne wiedergelesen : den Olympiabrief. Fragte mich ob Ihre Eltern bei der Wahl Ihres Taufnamens ihre Mozartliebe kundtun wollten : jedenfalls 1 seltener Taufname so dasz der sehr häufige Familienname GEADELT (?), die Zirkulation unserer Gedanken während unserer Begegnung an jenem hochsommerlichen Nachmittag im Café schien einen Höhepunkt erreicht zu haben als mir statt des Namens Gerd F.Jonke = einer der ersten Bachmannpreisträger, der Name des groszen Reinhard Priessnitz einfiel : eine Überschneidung poetischer Zeitschichten? (eigentlich ist dies die scherzhafte Niederschrift einiger frühmorgendlicher Emotionen sogleich nach dem Erwachen – ja, noch im Bette liegend –, in der Hoffnung es möge Ihnen wohl ergehen ……..«) …….. dann einer Wespe Schmatz ins linke Bein, wellenförmige weisze Abendwölkchen gesichtet, weiszt du, wie Mozart's Perücke, ich habe deine Stimme gehört aber du warst nicht da. Ich meine ich werde diesen Anblick lange nicht vergessen können : wir saszen in Altaussee auf der Veranda der alten Gastwirtschaft, ach blendete uns Eis und Schnee auf dem Dachsteingebirge vis-á-vis nämlich bei sengender Hitze aber es wird in diesem Bildnis nicht 1 Detail fehlen : »nicht 1 Kerzenschimmer nicht 1 Geschmack nicht eine Anhänglichkeit, erinnerst du dich, das ewige Eis vor unseren glühenden Blicken (28.8.)« wie Kanarienvogel, auf dem Grunde des Glases, nicht wahr. Du bist verrückt, sagte er damals zu mir, du bist verrückt …….. wie war das mit dem Olympiabrief, sage ich, war es nicht so dasz ich stand dastand, neben dir, von einem Fusz auf den anderen tretend und du dich unterhieltest mit den Freunden, in den Bergen, aber ich war müde geworden, in der hohen Wiese standen wir sie wuchs uns an die Hüfte, ich würde zusammenbrechen und es nahm kein Ende, meine Füsze in den Boden eingesunken etc. Am Morgen fragtest du oft »haben wir heute 1 Lesung?«, was ich immer verneinte, ich fühlte sehr meine Schülerschaft, ich sasz am Frühstückstisch und dachte »ich kann die Welt nicht retten« …….. die Blümchen das Verblühen das Verblümte, ich faszte es nicht dasz die gelben Glöckchen je über Nacht nachwuchsen nachdem sie jeden Abend gemäht worden waren, sie schossen einfach durch den Lehmboden hindurch, ja ich wartete am Morgen schon in Sehnsucht, sie im Feuer der Morgensonne, ich meine »bin 1 liberaler Ästhet« : siehe JD »Glas«, S.242, in meinem Gärtlein. Nun ja, ich verzehre mich nach dir, das ewige Eis auf der Schattenseite des Dachsteingebirges blendete meine Augen, die Redundanz der Sonnenuntergänge mit Grazie,«

bis 28.8.13

»da wir auf der Veranda saszen der alten Gastwirtschaft in Altaussee, ach wie das ewige Eis vor unseren glühenden Blicken : wie geblendet unser Auge nicht wahr, wie still, ach das Herz zerbrochen, dies wurde »zur Vergegenwärtigung eines Gletschers (von Altaussee aus gesichtet nicht wahr dies liebliche Werk eines Gebirges : Schattenseite des Dachstein z.B.,)« de mon urine, Georges Bataille, schade in die Täler wie hurtig, bin pfiffig Liebster die Astern im Garten mit Köpfchen wehend. Das war alles sehr erbaulich, sagst du, die Gladiolen im hohen Gras usw., pflückte rote Gladiole um dabei an Jean Genet zu denken dessen Leib einer roten Gladiole glich .... eine Idee taucht auf, schon wieder vergessen. Aus dem Staub aus dem Müll, sagst du, aus dem tiefsten Unrat entsteigt der Rausch glühendster Blüten : das Hirtentäschel der Türkenbund die Gladiolen, des Jean Genet, zum Himmelvater .... so, Sittiche, die Ekstase der Hollerblüten, Liebster soll ich dir sagen wie die dunkelblaue Tinte über den Morgenhimmel, sich ergosz usw., wie ich wieder Waisenkind und insgeheim, nichts ist vorstellbar ohne seinen Gegensatz. Dein Olympiabrief und weinte so als würde es in der Früh im Sommer regnen, und etwa irrte in meinem Quartier und dgl., heute war die dunkelblaue Tinte ausgegossen am Morgenhimmel heute süszer Ablasz, als Busze angebetet die rosa Wolken, lege Purcell's »Fairy Queen« auf, Gurgel des Liguster bitterer, Schnee, ach erinnerst du, diese kostbaren Fahrten über Land da wir durch die üppigen Wälder dahinbrausten, die Blümchen das Verblümte das Unverblümte, sie faszte es nicht dasz die gelben Glöckchen je über Nacht nachwuchsen ich meine sie schossen bei Nacht durch den Boden hindurch ja sie wartete am Morgen schon darauf dasz die Blumen im Feuer der Morgensonne, ehe die Gärtner anfingen die hohe Wiese vor ihrem Fenster zu mähen etc., während die Parkgänger, auf den Bänken eingenickt waren, eine Träne an der Stubenwand, nun ja immer noch Eitelkeiten. Ende August. Es ist später Vormittag nichts kann mich antreiben. Jemand, ich kenne den Absender nicht, schreibt mir »halten Sie durch« .... das Talmi, ich bin verschwenderisch wie die Talente der Mutter meiner Mutter die ich sehr geliebt habe : sie hob mich Februar 1927 auf eine Parkbank im Rubenspark und hielt meine kl.Hand : ich vergasz wer diese Szene fotografiert hatte etc., ich friere auch im Sommer, ich wollte nicht wahrhaben dasz Jacques Derrida's GLAS zu Ende ging – was sollte ich dann lesen, ich würde wieder von vorne anfangen, hochfiebernder Farbenkosmos, unter der Esche .... im Traum Düfte wahrgenommen : synthetische Düfte, der Duft meines Lieblingsparfums 1 Blume = 1 Flor im linken Auge, 1 Talmi, gekrümmt mit zerquetschten Brüsten in meinem Unterstand. Damals im Trikot auf dem Cobenzl ganze Tage im Wasser (»wie man das Wasser mit dem Fusze prüft«) und Vater knipste : ich strecke mich nach einem imaginären Ball, er wollte meine Figur festhalten war vermutlich stolz auf mich. Nun ja wir WANDELN die Alleen im Burggarten hin es ist wundersam wir halten uns an der Hand (den wievielten Sommer schon), wie die zarte Frucht eines Baumes im frühherbstlichen Wind verweht so verwehen / zerstreuen sich meine einst WACKEREN Haare nach allen Seiten, diese geschlängelten Fäden : wie abstoszend, habe biszchen in Seamus Heaney hineingelesen, sage ich, ich meine damals dieses Wochenende in Spanien und er schenkte mir einen Fächer weil es sehr heisz war windstill war. Diese geheime Schublade im Konferenzzimmer der Schule zu welcher ich auch einen Schlüssel etc. stopfte ich voll für ihn mit Liebesgaben, was ihn irritierte«

bis 5.9.13

»Madonna! die Seele zischte mir aus dem Leib. Es ritt der halbe Mond über den Saal des Gebirgs. Während wir in Altaussee auf der Terrasse der Gastwirtschaft, und betrachteten das ewige Eis gegenüber, für mein Blutbad, wir bemuttern uns gegenseitig, so Roland Barthes, im Physiksaal, als wir uns küszten war uns mein linker Arm im Weg …….. während ich zu weinen begann weil ich mich ungerecht behandelt fühlte betrachtete ich mich in meinem Taschenspiegel und fand dasz ich tatsächlich erbarmungswürdig aussah. Einem Herzensfreund schenkte ich Liebesgaben aus Plastik die er mir sogleich zurückgab was mich verwüstete und dgl., meine Wahrnehmung war scharf geworden : das Gehör das Gesicht die taktile Empfindung …….. ach Reseden, lange nach Mitternacht : Moos und Efeu und Purpurgras das linke Auge weint mehr als das rechte, sehr gedanklich, sagst du, entgleiste Stimme ich meine Leierschwanz …….. ich musz das alles eines Tages zurücklassen musz alles verlassen meinen alten Christbaum meine Bücher mit den eingelegten Lesezeichen das Hündchen mit der Himmels-Pfote usw. Ich dürfe nur

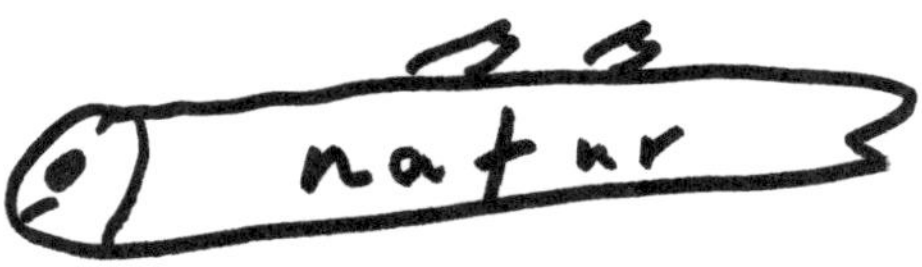

essen sagt der Arzt, bin lange gesessen zwischen Himmel und Erde und weinte so als würde es in der Früh im Sommer regnen, Antony aus dem GRAMMO, weiszt du, bin sogleich entmutigt lobst du meine Schreibarbeit nicht überschwenglich …….. eines Füchsleins oder gezahnten Vogels, nämlich AMOUR machen, wir machen AMOUR während der Wolkenflaum am Morgen Wolkenflor am Abend = in meinem Gärtlein. Nun ja ich verzehre mich nach dir (biszchen zerrüttetes Hemd und Knöchelchen also hänge ich herum weine mir die Augen aus und suche nach Worten die in den Abgrund ……..) ich meine abgestürzt und anstarre lange jene Fotografie die ihn mit kl.Pfeife, hilflos, wohin er wohl verreist = wie Gottesteilchen. Die verschleierten Ästchen, dann rollt mir die Träne ich lausche dem Fotografen Erich Lessing, im Radio, ich höre Erich Lessing's Stimme sie ist der deinen so ähnlich dasz ich mir wünsche dich auf der Stelle wiederzusehen. Bin durchgeknallt : 1 Vermeer!, wir beweinen den anderen in uns, dieses Zerzaustsein kl.Rute wippend ins Auge (indem ich liederlich des Wegs) auch Blütendolden = Trauben der Glyzinienbäume = im himmlischen Hauch usw. ich meine Stengel und Blut daneben, 1 Stück Zucker in der Provinz. Bin von solcher Vision verfolgt : stand mit dem Kirschen-Körbchen am Arm im Innenhof des Hauses Prinz-Eugen-Strasze 18 als sie den Innenhof betretend / deren Leben voll Kirschenblut, ich meine ich wollte sie begrüszen indem ich meine Hand ihr entgegenstreckte aber sie verwehrte mir ihre Hand : in einem anderen Traum war ich schwermütig : 1 Beamter in einem Amt sprach zu mir aber ich konnte ihn nicht verstehen : er trug einen schicken Filzhut und sah aus wie Minerva, z.T. erboste ich immer die gleichen Phrasen, nicht wahr«

7.9.13

»solch groszer Regen (gestern nach Paddeln) heute tobender Wind und sei gegrüszt gesegnet, »in hellen Träumen hab ich dich oft geschaut« nach Alfred Gold, 1893, von Arnold Schönberg, ich möchte meine Sprache herbeiflehen usw., die Lämmchen nämlich, in einem nu, dasz wir schwärmten ins Gewölk wo sie dahinflogen, in endloser Andacht, mein Herz tief bedrückt ich meine 1.Tränentag, es regnet in mein Herz, weiszt du, mein 1.Tränentag weil du dahingeflogen : deine Abwesenheit im Feuer, werde die Zeit deiner Abwesenheit in den Cafés verbringen. Botticelli malt den winzigen Jesusknaben mit der Dornenkrone am Handgelenk als sei es sein Spielzeug, möchte meinem Schicksal entfliehen, diese ECHOS in meiner Sprache nicht wahr, wann wird sich die Wunde schlieszen

vom Vater habe ich das Rauschbedürfnis ....
deine Handschrift sagt mir dasz du verläszlich bist (abgelesen von einem Zettel der Andrea N.) usw., ich friere auch im Sommer : die Schwalbenschreie .... verschlepptest die hl.Motten von meiner zu deiner Behausung, »la passione« von Haydn = stets ungeliebt (könnte schönen Buchtitel abgeben?), zu jedem Datum 1 Blutstropfen, JD, die jg.Japanerin sprach mich auf der Strasze an »wo wohnen Sie jetzt?« = ich hatte in dieser Gasse in meiner Kindheit und frühen Jugend gewohnt = sie trug eine grosze Sonnenbrille so dasz ich ihre Augen nicht erkennen konnte und ich beantwortete ihre Frage. Also gleiche ich mehr und mehr meiner Mutter, während eines Spaziergangs in der Sonne Hand in Hand mit meiner Mutter : während eines langsamen Spaziergangs in der Sonne damals nämlich die Spatzen : wie sie flirrten in dem schon beinahe unbelaubten BUSCHE : flirrten und geisterten, mir die ich nicht aufhören konnte zu weinen hilflos zu weinen während die Kirchenglocken (nämlich quasi-Rosenkranz usw.), mein etwas Kot, auf der Bettdecke : wage nicht zum WC um deinen knospenden Anruf nicht zu versäumen : kostbaren Anruf .... Gegenstände gleiten mir aus der Hand, im Spreewald spazierengegangen mit Michael Hamburger, Hebbel als Lyriker 1 biszchen

HÖLZERN, der Feuerschein, der Feuerschein in der Achselhöhle, er WAR 1 BLOGGER. Ich dachte in meiner Seele ich sei aufgewacht, der Kuckuck habe gerufen. Bin schon seit Ewigkeiten stocktaub, so Mutter eines Morgens als sie erwachte .... Spezialstift schreibt aufwärts, wenn ich liege z.B. ich möchte meine Sprache herbeifluten oder heranfluten, unter dem Küchenkasten eine wohlgeformte rote Herzkirsche ich meine Stengel und Blut, daneben 1 Stück Zucker IN DER PROVINZ usw., finde 2 Blättchen blutroter Bougainvilles vom vergangenen Sommer (mein Herzblut gab ich dir zu trinken .... »le kitsch« usw.), damals der knospende Kastanienwald, Otto Sander gestorben. Wie soll ich deine Abwesenheit ertragen es zerreiszt mir das Herz, also lasse ich mich verwahrlosen .... auch habe ich 1 blutrotes Bougainville-Blättchen gefunden es ist 1 wenig zerknittert, von deinem letzten Aufenthalt auf der Insel. Meine Tränen schmecken tatsächlich salzig wie das Meer an dessen Gestade. Ich meine du bist einfach fortgezogen ohne Abschied, ich werde jeden zur Neige gehenden Tag auf meinem Taschenkalender durchstreichen bis du wiederkommst, die Sonne ist vielleicht eine Hostie die ich auf der Zunge zergehen lasse ich werde sie herunterschlucken dasz sie nie wieder aufersteht, usw., eines Füchsleins oder Vogels weiszt du, das was Braque DAS FATALE nennt .... das sind die Ellipsen der Sprache ich meine das Kissen umarmend, und immer 1 biszchen gelogen weiszt du. Regen am Morgen und höre die Tropfen in die Dachrinne klopfen«

bis 16.9.13

»ach Tännchen koscheres Tännchen angefaucht : angefault diese Knochen im verbeulten Mond, ich sinniere am Morgen so Elisabeth von Samsonow, im Einkaufssäckchen Blanchot's SADE und rotwangiger Apfel. Du rufst mich an und ich höre den Klingelton nicht : du bist in einer schrecklichen Ferne : mir stürzen die Tränen. Dasz ich deinen Anruf versäumt habe ist als habe ich dich verraten .... schon kalt dieser Herbstmorgen, ach mein Tännchen die Himmel toben die Sonne raucht 1 Kätzchen aus rosa Stanniol auf dem Parkett, damals die Hängematte im Garten, Seelen der Wicken der Nachtviolen und Dahlien Libellen und Regenbogen, ich war 8 ich ahnte nicht was für 1 Paradies usw., die Tage waren 1 Tag, ich sasz an der Brunnenstiege, die Horizonte 1 violettes Wässerchen, mit bloszen Füszen im Staub der Dorfstrasze .... du bist mein 1.Gedanke am Morgen du bist mein letzter Gedanke am Abend, wir haben zusammen geweint, Liebster, Dante zeigt mit einer braunen Hand 1 offenes Buch in das er geschrieben, diese Passion einer Poesie, als hätte man sich von seinem Liebsten getrennt ohne 1 Abschiedswort ohne zu winken ohne Luftküsse zu senden während 1 Schwarm wilder Blumen etc. nämlich wie man das Wasser mit dem Fusze geprüft, beste Grüsze und Stiefmütterchen, aus Paris, und steuere süsze Buchstaben an .... Lämmchens Biscuit, der Kopf des Lammes geschlachtet, unter den blauen Fetzchen des Himmels (in den Höhlen des Leibes), anweinend die Fetzchen des Himmels, sepiafarben da die Vögel mit den starrenden Händchen um die Äste gekrallt des Frühlings, dürres knotiges Händchen = Veilchen-Arthrose nicht wahr, Sputum wie Cellophan auf Linoleumboden wo Zuckerhüte, gezurrtes Herz, wo Kralle : Singvögelchens Kralle sich krümmet, und zwitschernd Arien seiner Kehle entschwebend, Gezweig im Himmel = Vorfrühlings Trauer, nicht wahr .... damit mir V.'s Name einfalle, sage ich, musz ich mir meinen Schriftzug in der linken oberen Ecke eines Feigenblatts phantasieren : flehende Tage an welchen du nicht da bist, sage ich, flehentliches umflortes Auge, schon 2.Tränentag, 3.Regentag, weiszt du, gehe barfusz vors Haus. Ich klappte die Augen auf. In meiner Hosentasche fand sich eine leere schwed.Nuszschale, ich hielt mir die Backe und ich sagte da war so vieles geschehen während deiner Abwesenheit aber ich erinnere mich nicht, eine grüne Landschaft unter meinen Füszen während Michael Heltau sagte, ich glaube Sie sind eine Abendschönheit, oder wie man das Wasser mit dem Fusze prüft. »Fiebernd die Litanei-Blume weiszt du (mit Uli R., welche am heutigen Tag Geburtstag hat, geschah die Repetition einer Empfindung in der Bahnhofshalle von München nämlich dasz sie sich von der Beobachtung irritiert fühlte, dasz ich den Duft eines donnernden Lilienstrauszes wahrnehmen konnte, was sie, wie es schien, sehr verblüffte also dasz sie es meinem hohen = donnernden Alter nicht zumuten wollte, den geheimnisvollen = donnernden Duft der Lilien wahrzunehmen : was wieder mich sehr verletzte, etc.)«, und ich sah dasz der herrliche Mond über die Berge ritt«

bis 30.9.13

»zum Himmelvater zum Enrico ....
das Ringlein das ich dir einst geschenkt und das du mir zurückgegeben : nun liegt's in meiner Kammer (ach) in einem Staub ....

fleur in meiner Dachstube ich meine am Morgen diese riesenhaften Bouquets von Gladiolen in gelb lila und rosa wie Arabella's Schlafzustand (»Schreien schlieszlich«, JD) ich meine die Refrains des Kalenders .... ich meine diese extremen Telefongespräche dasz mir die Gurgel, dasz mich die Gurgel würgte. Muszte mir immer den Kopf bedecken dasz mich die Flotte der Fledermäuse mich nicht verletze etc. Die Leute der Television baten mich, mich an die Maschine zu setzen und den Geistesblitz zu simulieren was ich aber ablehnte weiszt du .... l'amour usw. Groszmutter mütterlicherseits diese schönste Fee meiner frühen Kindheit verrichtete alles nur mit einer Hand ich erinnere mich die zauberhaftesten Blüten ihres Dekolletés, die trockenen Feigenblätter noch immer im Henkelglas, während 1 Schwarm wilder Blumen .... bist mein Adagio und rosa Pappelrosen blüh'n auf deinen Wangen, und schöne schnelle LIEBESTOLLE Spatzen zogen dich über die schwarze Erde. Er sagte »ich sinniere am Morgen und sinniere am Abend«, du bist mein 1.Gedanke am Morgen du bist mein letzter Gedanke am Abend .... ich schreie die Dinge an wenn sie mir aus der Hand fallen : ich schelte die Dinge wenn sie mir aus dem Munde fallen. Ach wo bist du mein Tännchen, die Sonne raucht die Himmel toben, mein groszer Schmerz dich versäumt zu haben, Tännchen ach koscheres Tännchen die glücklichste Brust Gottes als du kamst usw. Ich meine ich stand mit ihm (an einem kühlen Frühlingsmorgen) auf einer schwankenden Holzbrücke und es verlangte mich seine Hand die sich auf dem Geländer festhielt einen Augenblick zu berühren was jedoch nicht geschah, es fing an 1 Zauber von feinstem Regen so dasz wir die Brücke verlieszen, er fing an mir von seinen Jugendjahren zu erzählen ....

(ich entwickelte Ticks, usw.)«

15.10.13

nach Stefan Fabi's Kartoncollage »Nackt« (2013) und Holzschnitt »Mann mit Flöte« (2013)

»er faszte mich unter den Armen und hob mich hoch : dann bettete er mich auf das Soffa und schlüpfte zu mir unter die Decke und ich war seine Blume die er zärtlich zerdrückte, während der Nacht aus Schilf Filz und Knochen also lagen wir die ganze Nacht und regten uns nicht, es war die Nacht welche UNVERGÄNGLICH die Sterne fielen herab aber wir regten uns nicht niemand kann das verstehen, eine Nacht aus Knochen Schilf oder Filz. »Wollen wir nun 1 wenig schlafen« sagte er als der Morgen aufschlug sein Auge, und schliefen einander in Armen haltend (und nichts war geschehen), also gingen wir in die 3.Dimension welche unvergänglich .... herze und grüsze dich : Kammerflimmern

(als der Morgen sein Auge aufschlug begann er auf seiner Panflöte zu spielen welche aus Knochen Filz oder Schilf usw., während die Wildnis der Töne)

(behielt seine Kapuze auf / trinke Wasser aus hohler Hand, Klatschrosen 1 kl.Vogelschädel auf unserem Bett ....)

(»hier noch tue ich nichts anderes, kann ich nichts anderes tun als zitieren, wie Sie vielleicht soeben gesehen haben : ich habe viele neue Wörter entdeckt und dennoch komme ich in Ermangelung anderer wieder auf dieselben zurück«) JD«

22.10.13

»ich bin gefiedert kann Pfötchen geben, trauere um das liebliche Wort ZWITSCHERN, kann es kaum mehr aussprechen weil dahinter das Wort TWITTER lauert was ist geschehen? was ist geschehen mit unserer schönen deutschen Vogelsprache .... die eingerollten verblühten gelben Tüten der daffodils usw., während die Schleppe des Adlers damals in jenen Sommern in R. über unseren Häuptern ich meine wie Arnulf Rainer sie malte, während wir über die Waldwege welche mit Fichtennadeln bestreut, glitten : dahinglitten während die Schleppe des Adlers des Arnulf Rainer während wir durch die Elfenwälder damals in R. während er mir eine zerdrückte Wiesenblume reichte während wir durch den Mischwald hetzten, in Versen, bin sehr ahnungslos im Wiesenland, fand kl.Stöckchen im Wiesenland, verkümmere immer noch weinend im Wiesenland, nicht wahr, immer noch weinend zurück ins Bett während die Szenerie des Francis Ponge .... als ich heute früh erwachte kreisten die beiden Schwäne schon über dem See und ihr Flügelschlag meine von Tränen nassen Wangen berührte. Ach die Träume waren entschwunden es waren biblische Träume mit weiszem Gefieder und reinen Stimmen die mich beseligten, und ich versank mit den Worten »eile mir zu helfen« ins Wiesenland, weil du am frühen Morgen mich anriefst hast du meinen tiefen Schlaf durchschnitten, zuflüsterte Klaus Reichert mir empfahl mir »Nuages gris« von Franz Liszt, freilich fuhren oft feierlich mit dem Wagen überland während die Ästchen ich meine der zarte Wind wehte die Ästchen in unser Haar usw., gestern spazierte (ich) wie wir einst spazierten um den Häuserblock wenn 1 warmer Tag ist, weiszt du, schwärmender Phlox (Ende Oktober) .... damals nämlich als wir gingen durch den grünen Wald, also dasz ich mit den Eltern auf den Cobenzl gewandert, das musz in einem anderen Leben gewesen sein. Panflöte des Schicksals dasz mir der Tau von der Stirn ins Auge tropfe, während die Wildnis der Sterne während anweinend die Fetzchen des Himmels, gelb wie Kanarienvogel auf dem Grunde des Glases nicht wahr / du bist verrückt sagte er zu mir du bist verrückt, du bist ambivalent sagte er, 1 Heiligenschein über dem Berg : 1 silberne Wolke .... ich habe 1 biszchen Krebs, sagte sie aber ihr Aussehen rosig, ich durchwühle diese zitternden Zeilen, ach Reseden, lange nach Mitternacht Moos und Efeu und Purpurgras. Als wir AMOUR machten als wir den Wolkenflaum hiszten am Morgen, haben Erik Satie gehört aus dem GRAMMO am Morgen am Abend : Drei Stücke in Birnenform (etc.) .... wie bin ich elend man behandelt mich wie 1 Kind, mir träumte ich sei 1 Vogel und schlüge mit Flügeln, mir träumte ich sei 1 hauchdünner Vogel 1 Goldammer etwa eine Träne vergieszend, eine Blaumeise etwa meine Flügel wie Eiskristalle, weiszt du .... bin mundlos (sie sagte »pi-pi«, ich baue mir Eselsbrücken vergitterte mein Gesicht, Confra. Die 1.Hälfte des Jahres war verflogen war dahin wie Fahnen im Wind) lebe in Symbiose mit Veilchenbüschen, 1 Funse hab' ich (noch) oder Liebschaft, diese Sequenz mit dem Goldlack im Grunde habe ich mein Leben vertan, weiszt du. Er begleitete mich über die Strasze es war 1 eisiger Wintertag er trug keinen Mantel, nicht nur das Geschriebene auch die Existenz musz poetisch sein«

bis 31.10.13

»als wir '71 durch Amerika reisten, wollte Ely um jeden Preis die Grand Canyons sehen ich hingegen hatte Angst vor diesem Unternehmen .... in Bloomington besuchten wir eine Freundin welche uns mit einem Blumenstrausz ich meine feuchtem Wildwuchs aus Tuberosen empfing, siehe es leuchteten rosa Wolken in ihrer Traumsprache. Ein groszes Gewässer schwappte zu meinen Füszen während Stiefmütterchen = pensées des Mittags, und er sagte »wir alle hängen an dir es ist unglaublich« .... eben. Wo auf der Gasse der Mond schimmerte, usw.«

5.11.13

»nun im allgemeinen wartete ich darauf dasz jemand mir den folgenden Text diktieren möge : ich habe so 1 kl.Öfchen in meiner Küche auf welchem Kaffee aus einer kl.Maschine dampft oder raucht usw. Wo auf der Gasse der Mond schimmert »nachdem er auf WOLFSSOHLEN still an den Altar geschlichen .... nämlich die doppelten Vorhänge des Hotelzimmers beiseitegeschoben und schlieszlich 1 zarte Hostie verschluckt hatte (JD)« – hier Fotze und Schminke und Blumenkränze : wir haben ihm = Ely vor 14 ½ Jahren einen Rosenbaum an sein Grab gepflanzt : bei seinem Begräbnis waren an die 500 Trauernde, sie gingen alle an mir vorüber indem sie mir die Hände und Wangen küszten ich stand viele Stunden am offenen Grab bis ich anfing zu zittern = SCHLOTTERN : bis meine Ärztin die hinter mir stand zu mir sagte es ist genug. Also verlieszen wir ihn und über uns eine schwebende Taube, wie abgeschnittenes Obst usw., zum Himmelvater (Maria) auch mit WAX, ach mit Wachs den Brief verschlossen mit rotem Siegel, also das Gartenhafte, Musik, aus dem Tanzkasten, weiszt du, auf dem Foto sehnsuchtsvoll deine Augen, Dornenstücke (Jean Paul), bist grenzenlos bist entflammt, etwa ins Wiesental. 1 Übermorgen, verflüchtigt sich sehr die Zeit. Traumlose Nacht und Regen am Morgen welcher klopfend ans Fenster, Gegenstände fallen mir aus der Hand, tobender Wind gestern nach Paddeln (sei gegrüszt) .... die Sonne ist eine Hostie und ich lasse sie auf der Zunge zergehen : ich werde sie schlucken dasz sie nie wieder aufersteht, die Welt wird dann dunkel sein wie meine Seele, und sterben. Oh mein Tännchen : koscheres Tännchen, hast dir den bunten Kinderschirm von mir geliehen, werde mich hinter die violetten Berge dukken dasz niemand mehr mich finden kann (fegt wie 1 Furz, usw.) ach Horizonte, gezurrte, Horizonte. Als wir '71 durch Amerika reisten, wollte Ely um jeden Preis die Grand Canyons sehen ich hingegen hatte Angst vor diesem Unternehmen. In Bloomington besuchten wir eine Freundin welche uns mit einem Blumenstrausz ich meine feuchtem Wildwuchs aus Tuberosen empfing siehe es leuchteten rosa Wolken in ihrer Traumsprache. Ein groszes Gewässer schwappte zu meinen Füszen während Stiefmütterchen = pensées des Mittags, eben. Wo auf der Gasse der Mond schimmerte, usw. Ach Liebster dir einen kus-kus, auch habe ich 1 rotes Bougainvilles-Blättchen gefunden von deinem Aufenthalt auf der Insel und einen kretischen Stein dasz mir beinahe das Herz zerbrach, als Kind las ich gerne das Märchen vom Karfunkelstein .... es kam mir vor er kam um mich zu interviewen er wollte mich interviewen er stand mit einem Körbchen an der Tür und lächelte mich an usw., als erwartete er Schönes, etwa die Schleppe der Blumen nicht wahr (»Feuer nimm das Holz, Feuer«), man behandelt mich wie ein Kind, ich sagte zum Arzt ich habe wieder das Herz Jesu auf dem display gesehen, 1 hauchdünner Vogel im Pinienwald, unerschrocken die Knospen im Park wir sitzen im Rüdigerhof, ach Reseden lange nach Mitternacht heute wirst du mich nicht durch das hohe Gras besuchen ich schaue tief in deine Blumenaugen, du tratest ein dein Hals umschlungen von einem weiszen Schal auch Schlangen und Schwalben, angelsächsische Überflutung unserer deutschen Sprache, deine Seele voll Kirschenblut usw. Kurt N. sagt es handelt sich bei deinen Schriften um echoartige Erfindungen ....«

bis 7.11.13

»Kindervers aus den 30er Jahren : es regnet ohne Unterlasz es regnet immerzu die kl.Blumen werden nasz die Falter gehn zur Ruh. Roter roter Falter komm ach komm zu mir aber deinen Brüderchen schliesz ich zu die Tür ....

wo auf der Gasse der Mond schien und Schnee schimmerte also Kommunion von Schnee und zerschlissenem Vögelchen usw., du bist mein 1.Gedanke am Morgen du bist mein letzter Gedanke am Abend und in der Nacht träum' ich von dir, wo auf der Gasse der Mond scheint während diese Sprache verbrüdert sich mit meiner wehen Tobsucht nicht wahr. Vielleicht meine früheste Erinnerung sie setzte mich auf den Küchentisch der mit einem rot = weiszgepunkteten Wachstuch bedeckt war und wusch mich (wir hatten kein Bad), es war der nämliche Tisch auf dem sie auch das rohe Gemüse .... ich habe gesehen, bei Flandern, der Fliederbaum neben der Telefonzelle wurde abgeschnitten Feder in meinen Haaren 1 Taube ist vorübergeflogen .... ach husche ins Abseits bin Sumpfdotterblume bin schon halb in der Erde der Tod ist 1 Unfug : 1 dürres zusammengerolltes Blatt auf dem Küchentisch usw., habe Auto voll Schlagzeug grenzenlos fieberhaft vollgepinselt das Abendrot. Diese Sequenz mit dem Goldlack, sage ich, wäre 1 schöner Beginn gewesen, diese Blume hätte vermutlich etwas mit John Cage zu tun gehabt, sage ich, damals er begleitete mich über die Hauptstrasze es war 1 eisiger Wintertag aber er trug keinen Mantel, statt einem Fingerklopfen habe ich mein Leben vertan, lebe in Symbiose mit Veilchenbüschen, eine FUNSE habe ich noch, oder Liebschaft alles stillstehend : Zirbe im Garten Pinien und Zypressen. Da war doch etwas mit Kirschen aber ich hatte es nicht notiert (er stand, mit einem Körbchen Kirschen am Arm an der Tür und wollte mich interviewen) .... Confra. Die 1.Hälfte des Jahres war verflogen ich meine war dahin wie Fahnen im Wind, wir waren spaziert, 1 Ahnung von Kirschen, nackt. In einer Magengrube. 1 Allee-Hündchen, leiser Novembertag, lasse mich verwahrlosen – damals mit Ely, sage ich, sprachen vom Sommer den wir diesmal nicht in den Bergen, ADE. Diese Kunstgattungen in Honig nämlich, bitte gehen wir Stadtpark : JASMIN. Er lief mir (sogar) aufs Klosett nach und rief nun können wir endlich unseren Darling zum Essen einladen, nicht wahr, bin mundlos geworden, ach diese nicht enden wollenden Nächte wo auf der Gasse der Mond schien wo auf der Gasse der Mond schimmerte wo auf der Insel die Wellenschrift, die Redundanz der Sonnenuntergänge (mit Grazie), wir hörten Erik Satie am Morgen Drei Stücke in Birnenform, »sei nicht so grenzenlos ....««

14.11.13

»fiebernd die Lampionblume (das Frettchen) ach Macht des Schicksals glühender Rachen der Amaryllis, auf Stelzen : die abgeschnittenen abgeschiedenen Stengel der Amaryllis im Glas, grünverschlossene Knospe ins Abseits kippend, Repetition einer Empfindung : Duft eines donnernden Lilienstrauszes, zierlicher Schatten eines Walds .... was mir zustiesz, sage ich, wenn mir etwas zustöszt, sage ich, etwas Böses liegt in der Luft, sage ich (stürzt etwa die Mauer ein und erschlägt mich?) .... »wool ist cool« : in meinem hohen donnernden Alter, sage ich, befand mich in einem Schlummerzustand, lachend Mutters Prothese auf Bauerntisch usw., ich denke kaum mehr in Sätzen, mit meinem Daumen die Briefe geöffnet (gingen durch den grünen Wald etwa ins Wiesental »wie grün der Wald, den ich durchschritt« Theodor Storm, mein Spiegelbild am Grunde der halbleeren Tasse : sehr verkleinert). Dieser hauchdünne Vogel, sage ich, mein Bettuch gänzlich verschmiert, sage ich, mit Filzstift, sogar male ich jetzt deine Figur auf den Kopfpolster, suche fieberhaft nach Ponge's »Notizbuch vom Kiefernwald« nämlich auf Wolfsfüszen am Morgen, sie öffnet die Wohnungstür und sagt, habe deine Tritte auf der Treppe gehört, die Zicklein nicht wahr, die lange Passion, vergittere mein Gesicht mit den Händen, mein Stelzengang um Mitternacht, sage ich, dieses liebliche Werk eines Gebirges = zur Vergegenwärtigung eines Gletschers, von Altaussee aus gesichtet, ich bin multimorbid usw., »können Sie nicht WENIGSTENS 1 biszchen Stuhl produzieren«, so meine Ärztin, Spinnweben zwischen den Kasematten in meiner Küche, sage ich, sie starb aber dann bald. Der Mond kam über den Berg geritten, es war eine Ekstase, weiszt du, es war eine Pietät. Sie setzte sich vor mich hin und sagte es war alles platonisch, es war 1 milchiger Morgen ich war erschüttert = abgelesen von einem Zettelchen der Andrea Niessner, ach entblösztes AUFBLITZEN im Spreewald, dein heillos mit offenen Armen, dein Weltfeuer : Kirschenblut. Ich meine wo die Elfen damals in Rohrmoos (»ie kitsch« usw.) schenkte er mir eine verblühte Waldblume, rannten wir durch Mischwald über die Waldstege mit Fichtennadeln bestreut – o! glitten dahin (Schleppe der Falter), ich bin gefliedert kann Pfötchen geben, dein Olympiabrief! und in der Tiefgarage gestern 1 glühende Taube die kommt dann zu dir die wird dich besuchen weiszt du. Erinnerst du dich an die Nachmittage als wir auf den Cobenzl mit grünen Zweigen das Brausen der Erde, kam Ajax der Bote mit den elegischen Strophen .... ach mein rebellisches Dasein, und plötzlich fällt mir der Name GESSWEIN = Schuldirektor unter dessen Ägide = Sturmhaube ich jahrelang usw. Dann weinte ich im Gastgarten in welchem im HOHEN LAUB die Sperlinge (wollüstig) sprangen ich meine ich weinte während die Sperlinge hüpften im düsteren Laub, der Abenddämmerung usw., ich verwendete oft das Wort Löffel für Ohren des Hasen : ich zitierte das Wort für die Gestalt deiner Ohren wenn du auf ihnen schläfst, man schläft auf den Ohren bis sie taub sind, das rechte Ohr wenn ich auf ihm schlafe fühlt sich taub an, weiszt du, ich erinnere mich sie stand an der erbosten Bushaltestelle, wenn du auf deinem rechten Ohr schläfst, sage ich, läuten die Glocken .... biszchen Reh usw., GLAS von JD bedeutet Totenglocke. Es war in Bad Ischl und aszen wir ich meine die Würstchen, im Stubenwinkel verglüht mir die Zeit usw. Wenn ich in Gottes Namen auf dem Abort (sitze) den Fokus aufgelöst : erscheinen mir meine beiden Knie als die beiden Hemisphären einer Verflüchtigung (eines Vorfrühlings). Meine beiden Ohren zusammengefaltet wie die Löffel eines Hasen der schläft. Wie sie stand in ihrem besinnungslosen chemise, ehe ich einen Ansatz von Rundrücken glaubte entdeckt zu haben was mich überaus erschreckte, diese Ergriffenheit : Blattgeriesel«

17.11.13

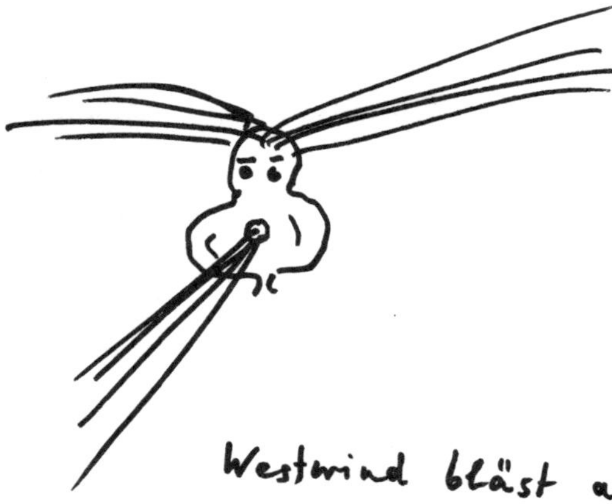

Westwind bläst aus vollen Backen

»meine schwermütige Muse, ich hatte 1 † gesch., Falter und Falten mit einer Nähnadel fixiert, was 1 Orakel gewesen sei, mit ihm zu arbeiten war 1 Spaziergang, sagte die Psychotherapeutin. Wir haben uns lange nicht gesehen …….. mir war als hätten nachts da wir den Kirchenplatz in Neubeuern erreicht hatten ich meine als scharten sich die kl.Häuser in einer Wallfahrt um dich, ich liebte dich über alles in der Welt, als wir in jenen 2 Tagen in dem kalten Zimmer in Neubeuern (hausten) und du den Ofen, ich meine dein ANBLASEN des Ofens. »Feuer nimm das Holz, Feuer«, im Augenblick des Erwachens sah ich 1 Beet Schwertlilien, ich suchte nach einem bestimmten Buch und in die Hände fällt mir »die Gewalt des Faktischen«, über Francis Bacon, ich bin berückt, als ich die Küche betrat, habe ich das Grün der Botanik gerochen ich sah die Vase mit dem collar = dem Kragen, der Blumen, auf dem Boden (stehen). Dasz es sich anhörte wie 1 Glöckchen als der Filzstift vom Tischchen rollte : an die Flasche welche auf dem Boden neben dem Bett usw. Die tobenden : die SPATZEN in jenem Busch oder Hecke an welcher wir am späten Abend saszen und redeten : 1 Art Diskurs vielleicht oder Krise damals in Bad Ischl, und wie sie tobten! : SPATZEN! : hüpften! in diesem Busch oder Hecke an deren Schulter wir lehnten …….. als ich, auf dem Terrassenweg hochsteigend, mich 1 × umwandte um die zurückgelegte Strecke zu betrachten, blickte ich einen MOMENT lang in eine eben sich öffnende Blüte (auf einem Felde) unter mir, vom vielen Weinen war mein Geist reingewaschen, als wir den Konzerthaussaal betraten um 1 Konzert der REIHE zu hören, blieb ich hinter Ely der sich durch das andrängende Publikum einen Weg zu bahnen versuchte während ich die Blicke der Besucher auf mir ruhen fühlte, ich faszte nach seiner Hand die er mir nach hinten entgegengestreckt wie 1 dürres Blatt ich war damals 1 wenig stolz und als die Musik begann legte ich meine Hand auf die seine der Prolog unserer Liebe hatte begonnen, vom vielen Weinen war mein Gesicht reingewaschen …….. bewegte Träume und tollten über den leergefegten Naschmarkt. Nun ja es schnäbelt die Frühe (du bist mein ganzes Glück), le kitsch, usw. so als würde ich alles Gemalte wieder durchstreichen, die gelben eingerollten TÜTEN der daffodils, oh mein Tännchen!, Klaus R. empfiehlt mir Franz Liszt's Alterswerk »Nuages gris« für Klavier, Kurt N. sagt, es handelt sich bei deinen Schriften um echoartige Erfindungen, es war im Sommer aber jetzt ist Winter. Mein durchlässiger Morgenschlaf durch welchen tröpfchenweise die Stimme des Nachrichtensprechers trommelte, sage ich, aber ich faszte den Inhalt nicht auf vielleicht parapluie oder Parade, sage ich, worauf tröpfchenweise der Regen trommelte, Ely's weisze Locken zwischen den Tasten der Schreibmaschine …….. dasz du angerufen hast : habe ich das geträumt oder war es 1 Wahn hatte ich Carlfriedrich Claus damals in der DDR besucht oder hatte ich es geträumt (»bleibst du hier liegen, engel, bis ich wiederkomm'«, Thomas Kling), dann die Staubballen im Stubenwinkel gewischt, drauszen die Nebelwolken DER SUFF usw., das was sich zeigt und was sich verbirgt, wie du seinerzeit schriebst, mit deiner Hand Buchstaben in die Luft schriebst und ich muszte erraten welches Wort, ach Treppschuh, wir lachten so viel …….. der Sommer-Heilige mitten im Winter«

bis 29.11.13

»an der Wand der Schatten meiner lieben Mutter, die Stenographie im cahier. Die Ekstase der Holunderblüten, so, Sittiche schade in die Täler wie / hurtig. Damals und als ich türenschlagend weglief, weinend nachdem wir uns gezankt hatten, aber zurückkam nach paar Stunden immer noch in Tränen, türpochend, er mich in den Arm nahm und küszte .... als süszen Ablasz zu den rosa Wolken gebetet, ach des Ästchens liebliches Singen. Die Astern im Garten, köpfchenwehend (zu Allerseelen) Wolldecke roch nach kranker Katze, weiszt du, Südwestfenster mit weiszen Tüchern verhängt, Sonne zu bannen, durch den jüdischen Friedhof wie Urwald als wir Schritt fuhren : 1 Geschwirr grauer Vögel die Inszenierung wölfischer Schreie .... Schleppe der Donnerblümchen damals in Rohrmoos wo die Elfen schenkte er mir 1 Wiesenblume, durch den Mischwald hetzten wir, über die Waldwege mit glatten Fichtennadeln bestreut ach glitten hin : da wir dahinglitten, wenn ich in GOTTES NAMEN auf dem Abtritt. Den Fokus entlassend. Erschienen mir meine Knie als Verflüchtigung usw., meine beiden Ohren zusammengefaltet wie Löffel eines Hasen der schläft, Botticelli malt den Jesusknaben mit der Dornenkrone am Handgelenk als sei es 1 Spielzeug ach solch Weltfeuer Kirschblut. Paraphrase = Schöllkraut im Gelände, Päonien in den Gebüschen, tröpfchenweise, den Fokus entlassend. Man kann sich so traurig machen wenn man will .... ach mein rebellisches Dasein, 1 erblindeter Rundspiegel im Atelier des Francis Bacon, weinte dann im Gastgarten in welchem im hohen Laub die Spatzen sprangen ich meine sie hüpften im düsteren Laub der Abenddämmerung, während Francis Bacon nicht müde wurde gegen das Erzählerische und Illustrative zu polemisieren, beim Erwachen fällt mir »le feu« ein, wegen des zarten Regendufts = Roland Barthes, Kirschenpärchen am Fuszboden. Du bist mein Geistlein diese Kunstgattungen (in Honig), ich gebe mich der Zerrüttung hin während im Stubenwinkel verglüht mir die Zeit usw., sinnend am Morgen, in meiner Küche nun ja es schnäbelt die Frühe. Das Flirten die kl.Heimlichkeit nämlich dasz ich auf der Landkarte deine Reise-Route verfolgen

konnte = auf einmal interessiert mich die Geographie, immerzu gukke ich durch das Judasloch. Eine Figur aus Francis Bacon's Gemälden : Armatur über der Spüle : kl.Kopf = mein kl.Kopf : Köpfchen auf zartem Leib. Siehe auch »untitled : two figures in the grass« um 1952 .... »und die Liebsten nah wohnen, ermattend auf getrenntesten Bergen« nämlich die Zicklein unserer Gedanken während unseres Treffens im Gastgarten des Stadtparks nämlich am Nebentisch die jg.Leute aus Berlin WAREN SIE HINGERISSEN baten mich weiterzuschreiben und immerzu. Ich war in meine Mutter zurückgeschlüpft, das Schreiben und die Edith helfen mir weiterzuleben, rufe ich, »wo deine Augen Rosen sind« so Jean Genet, dieses Donauwäldchen, rufe ich, Symbiose mit Veilchenblüten .... wieder finde ich Ihren jüngsten Brief nicht mehr, habe ihn aber in Erinnerung – heute sende ich Ihnen jene grüne Böschung die ich als Mädchen hinaufgeklettert : jene Leberblümchen-Wiese auf dem Kahlenberg, zittert durch viele meiner Prosaschriften nämlich mit dem Kopf auf meinen Armen circa auf meinem Tisch usw.
Das Hundsföttische, rufe ich.
Weil heute Sonntag und alle Läden geschlossen werde ich ZUM TÜRKEN GEHEN um einzukaufen (gleich vorne im nächsten Block, weiszt du), die Bomberhose. Die Zugesellung des Freunds. Im Gimpelwäldchen circa Nachtgesänge und stürzt' ihm an den Hals. Schützengraben-Mantel : feenhaft, werde heute nicht viel spazieren lieber an Fenster lehnen und eingehen in buschigen Horizont, usw., es ist das Element des ambivalenten das mit 1 wenig Grösze«

1.12.13

»bist doch mein darling, denke an deine Kunst deinen Blauhäher und deine Freundschaft, bin auferstanden in meinem Donauwäldchen (fleur oder nuage) die Einsamkeit an den Abenden in den Arkaden. Bin in Fetzen und Lappen der Lilienfaktor 1 Gedicht in den Lüften. Ach das Brausen der Engel, jeu d'eau, ach will die ganze Zeit, will ich mir mein Nachtkostüm .... anziehen weine aber lieber die ganze Zeit mit Ann Cotten zusammen, 's Mäntelchen geht mir oben bis an die Tränen unten aber bis an die Knöchelchen weiszt du. Möchte nur so vor mich hin sausen = sinnieren denke an Gaudí's schiefe = immerwährende Arkaden .... in der Frischfleisch-Abteilung des Supermarkts flüstere ich zu dir, »wie von Francis Bacon«, siehe wie hat er dich so liebgehabt, ach die Schnäbelchen ausgetauscht Meditation in den Wäldern Rotbuche Sichelmond wochenlang der Nachthimmel ohne Stern 4 Uhr früh, rechtes Auge verdunkelt. Dieses kl.Heft : bin pfiffig Liebster, die Astern im Garten ganz zart wie Ästchen, kl.rosa Blüten : ihr liebliches Singen,  Marienkäfer sich totstellend, das Banner der Sonne gehiszt usw.,  's bleibt etwas zurück wenn man einander gekränkt hat, weiszt du, es bleibt eine Wunde zurück, nun ja es schnäbelt die Frühe vermutlich Kukkucksstücke, biszchen Reh. Trinke Wasser aus hohler Hand zirpend die Hand : deine Hand gefaszt, behielt die Kapuze auf auch im Teehaus (niesend), man wird sich endlich lieben können. Gemüts-, nämlich Erinnerungsmorgen tränenreich, schwankend .... Westwind bläst aus vollen Backen , die beiden lieben Schwestern : Mama und Herta haben sich gegenseitig (in Deinzendorf) die blutigen Monatsbinden gezeigt mich jedoch vorher aus dem Zimmer BUGSIERT usw. Herta war es auch, die Mama als sie schon bettlägrig : als in sehr viel Schweisz gebadet, bis zuletzt gefüttert, liebkost, und feenhaft buschigen Horizont. Es war nämlich so dasz ich, auf dem Balkon hockend, sah wie der halbe Mond über den Gipfel des Berges ritt welche Beobachtung ich auf eine Ansichtskarte an dich niederschrieb was dich glücklich machte : wie du mir bei unserem Wiedersehen zugeflüstert – du nahmst mich beiseite und sagtest man dürfe es ja nicht laut sagen aber du seiest sehr glücklich über meine Ansichtskarte gewesen (wo deine Augen Rosen sind, Jean Genet). Vergittere mein Gesicht mit der rechten Hand wenn ich unsicher, Stelzengang am Morgen, Widerstand gegen die Annahme von Geschenken, sitze am Frühstückstisch bin ambivalent, Alexandra hat angerufen, kalter Augustmorgen 5 Uhr früh Ameisen in meinem Bett, 1 hauchdünner Vogel siehe es leuchteten rosa Wolken und er sagte »wir alle hängen an dir es ist unglaublich« .... wir hören Erik Satie am Morgen am Abend : Drei Stücke in Birnenform, biszchen drüberflammen, sage ich, so birnengelb in Cornwall, 1 Bristol-Ding in Gartenküche (Garküche) Schmerz in Kniekehle, schwärmender Phlox, freilich fuhren oft feierlich mit dem Automobil überland während der zarte Wind die Ästchen in unser Haar, usw. Ach dieses Zausen Zerzaustsein kl.Rute wippend in's Auge. Die glückliche Brust Gottes / als du kamst«

5.12.13

ein Sausen an Michael Lentz

> »ich meine ehe er seinen Vortrag anfing fielen mir seine Schuhe auf : sehr spitze bemalte Halbschuhe. Indem ich mich von der Wanderschaft dieser Schuhe verzaubert fühlte hörte ich kaum etwas von seinen Ausführungen ich meine diese grünbemalten Halbschuhe zogen mich in ihren Bann. Während er sprach war es mir als bewegten sich die Halbschuhe auf mich zu dasz ich meine eigenen Füsze in Samtschuhen unter den Sessel auf welchem ich sasz zu verbergen suchte ich meine im Verlaufe des Vortrags ....

wache auf mit »Gänsefüszchen«, auf der Zunge, das Herumgehen in einem Park, wie ich loderte. Der gesuchte Gegenstand liegt vor meinem Auge aber ich sehe ihn nicht. Heute etwas Übelkeit, Tagmond. Bläszliches Gemüt, ach der Frühling mit seinen verschlüsselten Fusznoten : Schlüsselblumen und Veilchen .... weil doch die lieblichen Leberblümchen unter den Gartenstühlen eigentlich wimmelten usw. Nun ja im Therapiezimmer so grün von Bäumchen = Bächlein und bis an die Zimmerdecke, nicht wahr, fürstlich nämlich die Exkremente gläsern glänzend wollen wir ins »kl.Café« (Franziskanerplatz). Ich war so lebenstreu, in diesem Brombeer-Hag vermutlich Schlangen-Revier, so Mama .... in einem nu ist der Mond grosze Träne. Bin exzessiv am Komponieren von Weihnachten bis Ostern war ich krank da tollte der Text in's Phreie = Andreas Okopenko, o Lamm des Herzens. Bin Krempel Waldfetzchen (Ballerina) trage sneakers, wenn ich vor der untersinkenden Sonne stehend, mir schwebt etwas vor,«

15.12.13

»ach wo bist du mein Tännchen, Vater sagte, du solltest einen OMNIBUS veröffentlichen, herumgehen in einem Park wie ich loderte ich war so lebenstreu, obwohl sehr verschollen. Mein kl.Tagebuch meine Rêverie und schreien durch den Park .... Schiller sieht Jean Paul wie einen der aus dem Mond gefallen ist. Debütierte : Feuerlilie, es träumte mir jemand klopfte an die Tür meiner Schlafkammer dasz ich erwachte, Halluzinationen von Blumen Bäumen leuchtendem Gras, Grasbüschel in meiner Faust oder Büschel von Haaren, weil ich ihn liebte las ich die Bücher die er las, ich las seine Lieblingsbücher dann kiff ich, kann nicht schlafen. Ich meine wasser-zierlich : Lampionblumen Enzian den ganzen Nachmittag, geschwiegen (Anemone) die Fotografie zeigt Mutter stehend schlank mit hochgeschlossenen Augen nachdenklich etwa (verschränkte Arme) – was sie wohl dachte was sie wohl fühlte : hatte noch diesen KROPF, für den sie sich schämte, wollte nicht mehr nach drauszen, trug nur hochgeschlossene Blusen lange Röcke (ungefähr 50 Jahre alt usw.) Durch rasende Arkaden deren Echostimme ich meine da wir immer wieder Rast machten während die Gesänge der Vögel. Er ist so sehr an mir gehangen weine ich zu den Geistern welche meine Trauer teilten, saszen im Drechsler weideten uns an den mediterranen Wölkchen = zu Bett usw. Heulend' Elend sage ich die Kopiermaschine griff das eingelegte Blatt nicht mehr dasz ich mit der Faust gegen das malade Ding schlug. Mutters Kröpfchen ich meine in einem Säckchen die Samen der Wiesenblumen, was seid ihr (was) für Heiden, Herr Jesu heut' geboren und Bächlein flieszen aus den Augen, ich war aber stumpf gegen die Menschen, war 1 Ärgernis vor den Menschen gehe auf Zehenspitzen durch 1 Feuer (»Feuer nimm das Holz, Feuer«), tagträumen nämlich, bin exzessiv am Phantasieren : wimmelte kl.Tagebuch usw., so grün von Bächlein und bis an die Osterzeit, ist der Mond aber eine grosze grosz-tropfende Träne nicht wahr so Wasser-Zierde am Horizont (so wasser-zierlich). OMNIBUS sagte Vater muszt OMNIBUS publizieren – er war Polygraph. Bin Findelkind weiszt du, nachsinnend am Morgen; nun ja es schnäbelt die Frühe .... dieser Gedanke der während eines Gangs in der umflorten Sonne sich aufdrängte, bin in Fetzen und Lappen, es sind die elliptischen Sätze : es ist das Element des ambivalenten das mir 1 wenig Fetischfrühling vorspiegelt .... das Flirten die kl.Verschrobenheiten der Sommer-Heilige mitten im Winter, Kröpfchen auf zartem Leib gucke immer wieder wie gedankenverloren durch das Judasloch, weiszt du, beim Erwachen fällt mir das Wort le feu ein. Heute sende ich Ihnen jene grüne Böschung die ich als Mädchen hinaufgeklettert nämlich 1 grün getunktes Zeichenblatt jene Leberblümchen-Wiese auf dem Kahlenberg (im Stubenwinkel verglüht mir die Zeit). Am Nebentisch die jg.Leute aus Berlin waren so HINGERISSEN .... Enzian den ganzen Nachmittag hattest du geschwiegen, nun ja kl.weisze Kamille auf meinem Schreibtisch 1 Geschenk von Linde W., Ausreiszen des Auges nämlich, Schnäbelchen ausgetauscht«

24.12.13

»habe Beethoven's Konversationshefte wiedergefunden, Venus als Punkt vor der Sonne immenser Gefühlsstau, ach mein koscheres Tännchen, »ich will meine Seele tauchen ....« hänge an deinen Lippen, habe schwierigen Charakter, die Waschgesänge am Morgen, die Himmels-Söhne, die Holzrose in der Vase wie ich hänge an deinen Lippen, 1 Schneetreiben in meinem Kopf, weiszt du, während ich schritt neben dir erinnerte ich mich an jene Mohnblumenbeete auf Mutters Grab usw., auf dem Hernalser Friedhof, HANGHOCH, Mutters Grab neben Konrad Bayer's Grabstätte .... ach mein koscheres Täubchen : hänge an deinen Lippen, kann kein Geheimnis bewahren kann nichts für mich behalten musz alles ausplaudern du hingegen. Meditation in den Wäldern, sagst du, Rotbuche, Sichelmond, wochenlang der Nachthimmel ohne Stern 4 Uhr früh 1.Niederschrift rollendes Auge nämlich tausendfältiges Auge, Zähnchen von Korbblütlern auf dem Küchenboden wie du zitterst! Locke und Loerke an meiner Wange (Kröpfchen Mutters Kröpfchen damals) Kügelchen v.Erde verregnetes Herz. Ich werde dich aufsuchen werde zu dir kommen »in den Gärten umhergehen«, bin Schreiender schreie in 1 Bouquet, weiszt du, als leergefegte Amsel in NY, Jesus über Lazarus »er riecht schon«, in Gärten umhergehen, Herumgehen in einem Park usw., ich habe dich (in Prosa) geküszt ja = Blumenstock ja = Blumenflor .... hängen die zirpenden Blumen in alle Winde verschleiert während deine Augen wie Frühlingsblumen : bebend flüsternd tiefblaue Morgenstunde etc. als ich diese Waldklänge. Favoriten des Lichts, der Dorn des rotblühenden kl.Kaktus hat mich ins Fleisch gestochen, lege Astor Piazzolla auf, alles elliptisch, die Rüschen der Ostsee, nämlich. Enzian den ganzen Nachmittag (hatte geschwiegen). Aus der Wäscherei sein blütenweiszes Hemd, und er wollte nicht dasz ich waschen und bügeln sollte für ihn – und als die Musik begann legte ich meine Hand auf die seine : der Prolog unserer Liebe hatte begonnen. Er brachte mich dann nach Hause, vom vielen Weinen war mein Geist reingewaschen, er sagte du bist mein ganzes Glück usw. (»le kitsch«) .... meine NOBLESSE von Papier, meine

Papier-Bescherung »messie an messie« schreibt Peter Weibel, mein verfaultes Sensorium, stelle mich tot, habe die Figur eines Kreuzes geschissen, wo sind die Verse der Ann Cotten hingekommen sie blühen vermutlich in einem blühenden Eckchen meiner Behausung wie ich rufe nach ihnen, er legte mir Rosmarin und Reseden auf meine kalte Brust. Ich hatte begonnen in einer Börse Münzen zu sammeln für die Bettelknaben = Winterbettler vor dem Supermarkt, an der Tapetenwand 1 Zypressenblatt, 3 Paar Stiefelchen, die gerüschten Zwiebelstrümpfe in dunkelgrün, Palmvögelchen, allerfeinstes Bier für oben, etwas kränkliche Kräuter, sage ich, deine Waldküsse! : stellte mich tot, Eintragung mit Bleistift »Juni + Juli«, Eintragung »hörte den Wachtelschlag« : mit blauer Tinte nachgezogen, darüber 1 Morgenrot usw.
1 garçon ein' Morgenstund, ich sehe noch seine Hostie, dieses Bludenz dieses Bludenz wie es blutete, wenn ich lange auf meinem linken Ohr (liege) ist es ein wenig taub = zu Bett 1 kl.Tagebuch, bin schutzbefohlen. 1 Schatten fällt auf mein Gemüt, ach! Quickie! ....
es waren einige Wochen vergangen dasz ich von meiner Reise zurückgekehrt war und doch hatte ich keine Zeit gefunden den Koffer auszupacken – nachts fiel mir meine Nachlässigkeit ein und ich muszte lachen. Diese Waldküsse und die Augen mir schmelzend dahintrieben, weiszt du, Grüsze von Anrufbeantworter zu Anrufbeantworter, usw.«

28.12.13

»später, im Tode, das Bewusztsein auszerhalb unseres Leibes ich meine die Empfindung einer Erinnerung : einen Waldweg zu gehen, in 1 riesiges dunkles Augenpaar zu stürzen das einem Angst macht, die Stimme des Liebsten zu hören, seine Küsse zu fühlen ....

er sagt ich denke mir du bist es die mich jetzt braucht : also lasse ich die anderen Dinge, wie die Gardinen wehen = Beethoven's »Mondscheinsonate«, wir werden 1 Gewitter haben ich sehe schon die Donnerblümchen in der Wiese, sollten wir hinter die Worte GUCKEN, den Hintergrund der Worte enträtseln – alles so imaginär, schreie in 1 Bouquet, tiefblaue Morgenstunde, und kurzes Rasen (mir schwebt etwas vor). Wir sind im Café sie berichtet aus ihrem Leben sie sagt, wir waren 1 Liebespaar, aber jetzt sind wir Freunde .... es war 1 × an einem Neujahrsmorgen dasz die Welt die ich im Fenster erblickte tatsächlich rein, und erglänzte : also keine Illusion, nachsinnend am Morgen in meiner Küche 1 garçon in meiner Küche etc. »1 Huhn sei crepiert« ich stellte mich tot. Ich erlebe keinen Tag an dem ich nicht an den Tod denke, es befällt mich in allem was ich mache in allem was ich sehe, so Francis Bacon – in Francis Bacon's Gemälde »Study from the Human Body« (1949) verbindet eine Sicherheitsnadel 2 Falten des Vorhangs durch welchen 1 nackter Mann schreitet. Es schnäbelt die Frühe nun ja, mir geht so vieles durch den Kopf (in meiner frühen Jugend ich war stumpf gegen die Menschen) da war mir zum Heulen da ich diese Waldküsse, Antony Hegarty aus dem GRAMMO, auf den Tellern ist 1 Regenbogen, I'm a witch, so Antony Hegarty, die Kuckucke nämlich, sammelst Steine auf Kreta .... als würd' ich mich vergaffen als hätt' ich mich vergafft nämlich Mimosenbüschel an deiner Stirn, bist Sojakind bist lieber Regenbogen, ach unverblümt es blüht der Rosmarin. Ich ging über den Hügel (Bad Ischl war's) ich ging über den Hügel 1 grüner Hügel war's, er rief mich bei meinem Taufnamen (der Apotheker war's) ich drehte mich um, ich ging über den Hügel erkannte ihn an seiner Stimme er rief mich bei meinem Taufnamen »du kannst die Welt nicht retten« .... am 8.Mai '45 krochen wir aus dem Luftschutz-Bunker, sagt er, und alles blühte, Kröpfchen Knötchen von Ende WO MAMA GING. Und schlenderten fassungsloses, Vogellied, hat's mich endlich wieder mal hingeschmissen und Fetzchen Gefühls (am bleichen Morgen) cahier oder Heftchen, pensée oder Stiefmütterchen .... habe in jg.Jahren, so 1 Katzengesicht (gehabt), habe eins der Wörter auf feurigster Wiese ausgepustet, die Prozession der lieben Tränen nämlich habe in der Silvesternacht nur 1 biszchen geschlummert wegen des Raketenlärms über der Stadt, ich meine es war 1 Wintertag = die Aufschlitzung einer gemeinsamen Bahnfahrt nicht wahr. Damals mit dir, sage ich, den Berg hinauf mit unsicheren = unsichtbaren Schritten sage ich, an deiner Hand sage ich während die Schatten ANKERTEN in deiner Seele .... also war ich der einsamste vermutlich und nicht tapfer weiszt du ganz im Gegenteil : schwach und elend, Grasbüschel ANKERTEN in deiner Brust usw. etwa in einem nu, lausche dem Wachtelschlag. Dasz ich nur nicht dem Dilettantismus verfalle ....«

1.1.14

»liebe Katerina es war schön bei dir in Klagenfurt = was für 1 klagender Name = habe alles wie die 7 Raben abgehakt : Geburtstag Weihnachten Neujahr nun nimmt das neue Jahr seinen Lauf usw.

1 Hahn sei crepieret, Wurst schwitzt wie die Bullen : so könnte 1 Zeile von Ann Cotten geheiszen haben? sie überreichte mir zum Abschied 1 verwelktes Gänseblümchen was mir die Tränen etc. Dies war anläszlich eines Colloquiums dasz wir alle hingegeben an die schöne Literatur, taten mir alle Knochen weh wenn ich herumgehockt, weiszt du …….. man würde gesehen haben die Friedhofsbesucher würden gesehen haben dasz ich weinend an Ely's Grab während du meine Hand an deinem Rücken umklammert hieltest. Was posthum geschieht ist sinnlos. In der Schlafkammer fliegen die mit Blütenkränzen geschmückten Hausschwalben umher ich meine mit ausgebreiteten Schwingen (schlummerte noch eine Weile), kaufte 5 WICHTEL mit roter Zipfelmütze um sie zum neuen Jahr an Freunde zu verschenken, nun ja durch die geschmückten Gassen tappend muszte ich an Schlingensief denken, gepreszte Blumen in einem Buch (»le kitsch«) usw., ach in dieser glitzernden Gegend : Goethe neigte dazu in seinen Schriften Abkürzungen zu verwenden etwas stürmisch, sagst du, 1 Lehrpfad. Ich fast an Entzückungen starb, sodann beobachtete ich, dasz Susanne K. irgendwelche Geheimnisse in Ely's Ohr, welcher mit angespanntem Auge. Hätte gern gehört was geflüstert wurde sasz auf BRILLE (WC), im Gärtlein saszen wir aber es lag 30, 40 Jahre zurück darüber das Morgenrot, im Schlafkabinett hinter dem Kanapee groszer Karton mit Aufzeichnungen für nächstes Kapitel, weiszt du, bin ziemlich verklemmt, es lag 1 böser Zauber über diesen eisigen Wintertagen, ich wachte mitten in der Nacht auf und erschrak vor den Girlanden auf dem Wandteppich zu meinen Füszen wuszte nicht wo ich war : den einen oder anderen Vivaldi, nicht wahr. (Die Jahre werden immer unglaublicher), die blauen, Schlitze des Himmels, bin sehr ambivalent. Die Pupille im Gras ach

wir wollen die Zeit verträumen, farewell fahre wohl bin entgeistert …….. das Unsagbare nämlich die schwellende Traun an ihrem Ufer die violetten Gebüsche mein Liebster, wir wandelten am Firmament, diese zarten Assoziationen = Apulien während weiszer Schmetterling schwebt über Gebirge aus Luft usw. Starre stundenlang auf das GRAS-OBJEKT von Stefan Fabi »alles iszt sich satt und steht da. Geschichten werden erzählt«, so Stefan Fabi, die Pupille im Gras die frischen Kräuter im Holz von weiszer Kreide umrahmt, die Löcher im blassen Holz, die Stirn : 1 spitz zulaufender Kubus, das Gras im Auge die Pupille im Gras ich erkenne 1 dunkles Nest in welchem Vögelchen …….. ich höre den Wachtelschlag ich küsse das grüne Herz ……..«

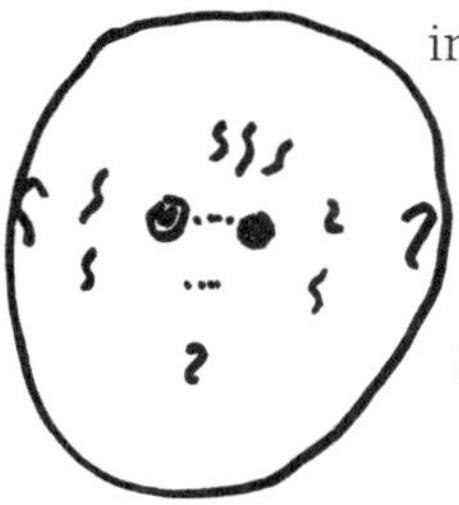

Medaillon Fm

5.1.14

»da wie Glimmer stieg die Nacht / stiegst in die Nacht ahntest die Tamarisken, das Gesumse nämlich im Gärtlein das Haareschneiden, ich lege meine lauschend gekrümmte Hand an mein Ohr damit sie 1 Trichter sei, so Ludwig van B. zu Neffe Karl, der Rhein schosz dahin. Die Tonkunst, sagt Ludwig van B., ich unterpunktete eine Zeile, beim Klavierüben sollte dein ganzer Körper SOGAR DEINE AUGENLIDER entspannt sein, die Feiertage machen uns krank, sind die Feiertage vorüber erholen wir uns, wir suchen die Süsze in der Musik, sagst du, am Morgen die Tränen, sagst du, was für eine Wollust (cahier = das Heftchen) .... ach vielleicht hatten wir uns in einander verknallt 1 gezacktes Vögelchen die Wolken wie Maiblüten auf den Bäumen, mache ich Anleihe bei eigenen früheren Texten SCHMUSE ich mit eigenen früheren Texten ich meine eigenen einstigen Texten und knallten in 1 vornehmes Lokal dasz wir uns selber vornehm vorkamen weiszt du, ich meine angeheiratet : beseelt und fast erstickten mich diese BOUQUETS da Marcel B. mich nach Hause begleitete während die aufgeschlagenen Blütenaugen der Hortensien usw. 1 Lichtstrahl durchbohrt mich, fundamentales Auge, voll Tau der Morgen perlend, Auge von Amsel auf einem Ast welcher ins Innere meiner Behausung (tastet), das Glas Wasser nämlich im Liegen verschüttet : die Küchentür öffnete sich und mit gepresztem Herzen. Mein Kopf drehte sich dem Vater zu : 1 Schamane etc., bin im Traum heute nacht in Spanien gewesen, zeichnete ihm eine Sonne dasz er nicht so leide unter dem Nebelschleier, die Welt ist stumm niemand hat telefoniert, sagst du, ich habe Schmerzen. Ich sitze in meiner Küche auf zusammengefalteten alten Zeitungen neben dem rosa blühenden Kaktus meinerseits, war ich am Meer (Aurelie), sehr ungestüm, »meine auf Braque beschränkten Kontakte« ich meine immer wieder stürmt meine Erinnerung zurück zu den beiden Birnbäumen vor dem hohen grünen Tor unseres Hauses in D., sie wuchsen da einander zu, diese anrührende Schönheit der Natur .... ach wuszten beide nicht wo wir uns befanden was wir vorhatten wer sich uns zugewandt hatte – ich zerschellte. Die Fotografin sagte einmal zu mir es sei 1 Miszgeschick mit dem Liebsten nicht zusammenleben zu können WEGEN DER KUNSTAUSÜBUNG usw. Da ich ihr widersprach knipste sie, wenige Minuten vor meinem Flug, es war, glaube ich, unermeszliches Vogelglück und es fiel mir ein : diese Szene und dasz ich weglief zum gate. Das oberste Stämmchen meines Lebensbaumes, habe das oberste Stämmchen meines Lebensbaumes erklommen .... nämlich das casting etc. An meinem linken Auge fliegen so kl.Tücher vorüber, meine Auszehrung meine Vereinsamung weiszt du, Plattenhören, Herumgehen in einem Garten, flambierter Phantasus, alles imaginär, weiszt du, es würde nun nicht mehr schneien, sagst du, je mehr Unterkleider desto keuscher der Träger habe Antony Hegarty's Züge angenommen die kindlichen Backen das wirre Haar die kl.Hände und Füsze, also ich küszte seinen kl.Mund seine blauen Augen während das GRAMMO brüllte.«

8.1.14

»ach, zu Häupten die Kastanienknospen, meinem Feuerchen nämlich gewidmet, will meine Seele tauchen = Robert Schumann .... bin also AUSGESETZT einem immerwährenden Imitieren, ich meine ich imitiere alles eben das Anfeuern meiner Finger auf der Maschine oder als wir an dem Spital-Empfang vorüberkamen schossen 3 weisze (heulende) Lilien in die Höh' = empor dasz ich erbebte (z.T. ringelten sich meine sonst jederzeit geglätteten Haare über der Stirn, immer die Begonien auf dem Fensterbrett, weiszt du, die welkende Amaryllis auf dem Küchentisch .... ich eigentlich mir seinen Sprachgebrauch aneignete, als ich am Morgen mich im Bett aufsetzte und mein Gesicht in meinen Händen ich meine im Veilchenbeet, erschrak ich, ich meine mein Gesicht geschunden im Spiegel. Suchte in meiner Bibliothek nach den Gedichten von Georg Trakl, welche Rosmarin usw. Diese leiblichen Blicke weiszt du ach er lacht wie 1 jg.Reh, war 1 biszchen verwirrt wuszte nicht welcher Tag welche Stunde es machte mir eine Wildheit ach die Glockenblumen. Dann blies wieder der Wind und hauchte uns an bei Johannis während die zarten Büsche uns durchsegneten – damals du wolltest kein Vorspiel du wolltest zur Sache, am Ringfingernagel hattest du einen Mond der Wind blies uns ins Haar usw., »dieses Bludenz wie es blutete ich sah es vor mir, es jubilierte die Hochwiese, ich sehe noch jetzt die Hortensie, wenn ich auf meinem linken Ohr liege fühlt es sich taub an, und Fetzchen Gefühls. Es war 1 schöner Nachmittag mit dir ich hatte dich besucht und wir zogen hinaus ins Freie : ich sehe noch deine Hortensien, ach regnend oder tauend »sweet April« und bleicher Morgen«, ich meine diese ganzen Brocken braunen Sonnenuntergangs während im Zimmer lauerten die Glocken etc. .... tatsächlich habe sie mich jeden Morgen zur Schule geführt während eine Taube über unseren Häuptern, während wir Hand in Hand die Strasze hinunter zu den »Englischen Fräulein« (was »von den Engeln« bedeutete). Nach 2 oder 3 Stunden mich wieder abgeholt und nach Hause geführt wir liebten uns sehr und sie sagte »du wirst alle überflügeln« wenn ich mutlos war oder Margit S. mich verspottete usw., Anagramme des Sonnenlichts, es würde nun nicht mehr schneien, so geträumt und geseufzet so grün und flüssige Landschaft Schrift lodert in meinem Apulien »trois femmes à la table rouge« von Fernand Léger, die Kuckucke Hand in Hand, Mimosensträusze an deiner Stirn, ach unverblümt die Störche brüten schon auf dem Kirchturm es blüht der Rosmarin, und veilchenweise, stelle mich tot (Noblesse von Papier usw.), der Dorn des kl.rosa blühenden Kaktus hatte mich in den Finger gestochen ich lief herum und wuszte nicht was ich machen sollte. Während 1 zarter Rauch, stieg aus der Kaffeemaschine, damals mit 7 in D. im RUDERLEIBCHEN war ich jenseits, ich weisz nicht in welcher Welt ich lebte vielleicht hatte ich mich aufgelöst in Wiese und Wolke in Lilie und Holunderbaum in Schmetterling und Käfer, ach habe im Traum eine Musik gehört, vielleicht in Pötzleinsdorf : dort wunderbarer Talschmuck etc. ist nicht einerlei Regen, Elfriede Schubert und ich waren in den Kriegsjahren Mitglieder der Grillparzer Gesellschaft und gingen einige Male zu den Mitglieder Versammlungen, aber ich erinnere mich nicht an Einzelheiten (beflecktes Beinkleid) .... plötzlich während der Lektüre von Beethoven's Tagebuch erschien mir das Angesicht meines Freundes Klaus R., dessen edle blasse Augen, in Sehnsucht nach vertrautem Gespräch usw., also die Hinterbrühl, als ich 1 Kind, hatte Feuermal auf der Stirn : 1 Afrika : kämmten mir Fransen über die Stirn, traten mir schon beim 6., 7.Takt die Tränen in die Augen, eins der Wörter auf feurigster Wiese ausgepustet, weiszt du, wie EIERSPEISE, die gelbe Bettwäsche in der Kommode. Nun ja kl.weisze Kamille auf deiner Stirn, Rüschen der Ostsee, nämlich .... also knospendes : lenzfarbenes Firmament im Januar!«

11.1.14

»alles so vor-rheinisch, weiszt du, bin 2 Tage im Bett geblieben während auf den dünnen Kalenderblättern, die vielen Eintragungen : vieles verwischt durchgedrückt dasz es wie Chimären oder verblaszte Gemälde, ich habe in Tränen eine Musik von Beethoven, gehört vielleicht in Pötzleinsdorf (dort ist 1 herrliches Wiedersehen), also die Hinterbrühl .... wenn wir dahinbrausen übertönt der Motor deine Stimme dasz mein Ohr sich zu dir neiget dasz ich dich AUFSAGEN LASSEN möchte deine Gedanken deine Worte wie sie flattern flackern und lispeln = Fabel-Kunst oder Fackel-Kunst während wir ins blaue ins winterliche schneelose, weiszt du, während mir das Empfinden aufblüht als sei es schon Frühling : Vorfrühling als läse ich zum unzähligsten Mal Francis Ponge's »Gnoske des Vorfrühlings« usw. Ach wie grünlich das Firmament man läszt einfach alles verkommen, so Beethoven, das Alleinsein der Augen, nämlich, ich lese Shakespeare-Sonette die späten Abende in Verzweiflung ich sitze regungslos vor mich hin starrend im Korbsessel vor dem Telefon und warte auf einen Anruf aber es bleibt still es ruft keiner an. Damals in Berlin Literarisches Colloquium ich trage meinen alten Fellmantel wir umarmen uns zum Abschied drauszen Kleist vorüberziehend : später wird er sich und seine Verlobte erschieszen, wir nehmen Abschied ich trage meinen alten Fellmantel wir zerwühlen uns ich versuche zurückzurechnen wann in welchem Jahr (auf Stelzen die abgeschnittenen = abgeschiedenen Stengel der glühenden Amaryllis im Glas auch unsterbliche Knospe kippte ins Abseits .... eine Mütze voll Schlaf meine Liebe zu dir : vielleicht meine Abhängigkeit von dir?), blutrot hinter den Augen da ich einen Moment zur Sonne schenke. Ist nicht einerlei Regen, der rotblühende Kaktus drückt mir seinen Daumen ins Fleisch usw., als er nächtens am Tor mit einem Kusz sich von mir verabschiedet hatte flüsterte er mir noch etwas zu das ich aber nicht verstehen konnte, fürstlich nämlich die Exkremente wollen wir ins »Kl.Café« : Franziskanerplatz (Gründonnerstag kommt von greinen, Rhabarber : famoser Ort unsere Erinnerung an gebratene Täubchen welche man am Naschmarkt kaufen konnte ODER WAS

ICH PLAUDERTE, diese Illusion diese Lilie von Verzückung, die unerfindlichen Wege der opalen Nacht : Ringlein der opalen Nacht polyphones Vogel-Ei WELT weiszt du am frühen Morgen im Juli als der geliebte Hase noch hüpfte in unserem Garten : nun unser Sternbild am Julihimmel .... 's rührt mich alles zu Tränen selbst das blonde Gefilde / Anbinden der Armbanduhr, die unauffindbaren Gegenstände : selbst die eigenen Bücher nicht mehr auffindbar dieses Eden auch Hollerblick), die Pupille im Gras sie stand mit mir vor dem Wächterhäuschen und zeigte in den zirpenden Wald wohin er, den ich erwartet hatte, vorausgeeilt war. Nahm ich wahr dasz der gepunktete Schalkragen den sie trug sich in mein Innerstes eingegraben hatte«

14.1.14

»nun ja Erbarmung des Himmels = Erbarmung des Hundes. Nachtschatten-Verse der wunderbaren Sina Klein (nur wenn im Spiegel eine schwache, Schwalbe sich enthüllt ich meine Sensenmann : ach wie die Nacht uns Wunden schlägt und quält uns mit gräszlichen Träumen heimsucht uns zittern macht, haben wir uns im Stillen gefragt ob ....)«

Januar '14

»in einem nu nämlich was die bleiche Schönheit des toten Hasen angeht lag er in zerdrückter Wiese (als hätten sich Liebende da geliebt) ich meine er lag mit einem Silberkettchen um den Hals und einer Schuszwunde über dem linken Auge und es jammerte mich ihn so zu sehen : hingegeben dem eigenen Tode, Hasengrab des Joseph Beuys (seine Füsze zu küssen / damals küszte Er mir die Fuszknöchel /). Während auf dem Tischtuch die üppigen roten Blütenblätter von Amaryllis wie rote Feuerzungen wie Lappen wie rote Löffel von Hase nicht wahr, die Kommunion des fliederfarbenen Hasen : geschrieben 5 Tage vor EJ's Tod, d.h. gehandarbeitet der Leib Christi ich meine geopfert im Wiesengrund usw. Beuys' Hasengrab nämlich, das Stillsein ist sein Glück, so Robert Walser, ich weine dasz er trachtet in den Himmel zu fliegen : dasz er getürmt : geflüchtet in den Himmel ich bette meinen Kopf in seinen aufgequoll'nen Leib was für 1 liebes Kissen, ich küsse seinen lieben Mund was für liebe Ohren du hast was für liebe Löffel Prokofjew macht mir Herzleid sage ich zu ihm dein Hinscheiden ebenso (schon Rückert schrieb Permutationen) .... wie zerrissen unsere Zeiten wie zerrissen dein Leib und deine Seele wie sehr hast du die Welt geliebt, so nämlich das Gras die Grashalme sehr gezwirbelt als hätte 1 Windhauch darüber hingeweht dasz die Gräser sich niederbeugen seitlich liegst du hingestreckt mit einem Silberkettchen um den Hals einer Schuszwunde über dem Auge / 1 Löwenzahn-Nestchen zu deinen Füszen, hast Sträuszchen flirrender Mondstrahlen abgepflückt und mir geschenkt, im linken Auge die Perle einer Träne im linken Auge perlt eine Träne während der Mond aufgeht perlt das linke Auge tatsächlich schrofft uns der Wind, Tintoretto hält sich mit einer Hand die Augen zu. Als ich 8 Jahre war schenkten mir meine Eltern einen Hasen welcher jedoch alsbald. Warte auf seinen Anruf, Thomas Kling sasz im Gezweig oder stand AUF MÄUERCHEN und schwang die Arme hoch .... biszchen sinnieren = sinnen biszchen Weltaufzeichnung im Kopf biszchen Keusch-Lamm biszchen Gott und die Welt, Füszchen auf Fuszschemel sitze im Lehnstuhl, schlage vor »heute in's Prückel«, damals 5 Tage vor seinem Tod schnitt ich die Locken ihm im Nacken (verwahre sie) – : zuerst alles im Kopf sprieszen lassen ich meine dasz etwas ersprieszliches = zierliches vorbereitet werde sodann im Waldregen sich ergötzet, niederschreiben sodann mit Geflatter auf das Papier also des toten Hasen (lapin) in der Wiese, Tulbing, Chorherrn, Poststempel wie gewelltes Haar usw.«

19.1.14

»dieses Eckchen nämlich von Arzt du weiszt diese Zirren (Zirben)
von Weisz die der Maler ausspart diese Eckchen von
Maiglöckchen Blume dasz der Betrachter ERFINDET im Anschauen
des Bildes weisze Flecken von Maiglöckchen Blume, ja selbst
den Duft der Blume aus dem Geschauten erfährt, ebenso
dieses Fleckchen von Weisz von Bildnis von Tröstung du weiszt dieses
Eckchen von Arzt während auf dem Tischtuch die üppigen roten
Blütenblätter von Amaryllis wie rote Feuerzungen wie Lappen
wie rote Löffel von Hase, nicht wahr

(4.6.2000)

Vogel faltenlos, 2 weisze Steinchen, 1 Gestrüpp im Blumentopf. Am frühen Morgen des 4.Juni 2000 sitze ich am Küchentisch und höre den Ruf des Pirols. 1 biszchen Aulandschaft. Auf dem mit roten Amaryllisblüten bedruckten Tischtuch schreibe ich 1 Gedicht während das Haustelefon läutet : EJ bittet mich zu kommen, ich unterbreche verstört meine Arbeit – obwohl der Anfang des Gedichts geht auf den Anblick eines Gemäldes der Malerin Maria Gruber zurück die weiszen (ausgesparten) Stellen sind meine Maiglöckchen Offenbarung. Obwohl der Anfang des Gedichts geht auf den Besuch bei meinem Arzt Herwig Niessner zurück welcher sich verbeugt und die Hände faltet wenn ich die Praxis betrete = die Kommunion des fliederfarbenen Hasen ich will meine Seele tauchen geschrieben 5 Tage vor EJ's Tod.

Ich gebe mich einer Zerrüttung hin es schwebt mir was vor : dieses Eckchen von Arzt, dieser Zirbenhain im Garten des Peter Handke. Ich wache auf MIT GEFÜHLEN, diese sprieszen wie Veilchen Maiglöckchen Amaryllis, ich betrete das kl.Café und es kommt mir vor : 1 Strausz Veilchen im Glas 1 Strausz Maiglöckchen hinter Glas und ich verlange nach einem Hasen aus Schokolade wie damals in Köln als wir ein paar Schokoladebären in einer Auslage sahen und uns wunderten und lachten und mit dem Finger zeigten und alles wieder verschwand, Diter Rot usw. Und ich erinnerte mich an einen Abend da ich Joseph Beuys in einem Kellerlokal sah wie er mit einem toten Hasen im Arm durch seine eigene Ausstellung spazierte und die Bilder mit der Pfote des Hasen berührte und mit ihm sprach (»wie man dem toten Hasen die Bilder erklärt« Aktion in der Galerie Schmela in Düsseldorf am 26.November '65), im WALDREGEN / Wehklagen, hatte es was Zierliches ach Diffuses, in der Tram usw. Aber wuszte nicht mehr ob ich geträumt oder ob es im Wachzustand dasz wir mit dunklen Locken am Gemäuer vorüberhuschten auf welchem 1 URINOIR gesprayt, und ich 1 Klagelied anzustimmen begann, es war 1 glühender Sommertag und es hatte was ZIERLICHES von Maiglöckchen und wir huschten an dem heiszen Gemäuer des Schloszgartens vorüber zu einander flüsternd und rufend und wuszten nicht ob. Die Kuckucksblume, bis spät in die Nacht, und ich denke an das zu entstehende Werk sehne mich nach dem zu entstehenden Werk und es schwebt mir was vor »wie 1 Wind vom Gebirg in die Eichen fällt den Schritt auf die weich schwellenden Blumen setzend« (Sappho), schreibe mit anatomischem Herzen, der rosa Schnee des Morgenhimmels (es ist Winter geworden) DA hängt der vergangene Sommer : mein weiszes Gewand an der Wand usw., der Hase bin ich, so Joseph Beuys, mir bebten die Zweige,«

Januar 2014

»wie das riecht! nach öder, Rose, Arpeggio der Tränen liesz die ersten Flocken auf meiner Zunge hinschmelzen, CF ist ½ 9, beiszt sich lieber die Zunge ab ehe sie »gottseidank« sagt. Unschwäche parlierend »Unschmuck« der Haare (EJ), bist mein Inbild : mein Seligmacher voller Schnee-Märchen Frühschatten Zwickel Gardine oder Rollo vor dem Fenster, Kaolin des Winters : Hochwinters : lautloses Schreien …….. wann zu Hoffmann's? erblicke mich nachts im Spiegel als Ertrunkene nämlich den Mond umhalsend, ach Philipp gerät seiner MAMA nach, sein 1.Ball : Lackschuhe schwarzes Gewand Tanzschritte in 1 Delirium, damals als Knabe Philipp zum Brunnen seine Hände waschend um sich (reinlich) verabschieden zu können von mir usw. Vom Flugzeug aus gefilmt die braunen Berge von Afghanistan, es fügte sich dasz. Ich will meine Seele tauchen, Robert Schumann ……..

schöne Schriften nach Schneelosigkeit, nicht edierte Seiten Briefe Träume und Tränen, aufs Kopfkissen gemalt, warum statt »Valérie« immer »Verlaine« gedacht, dieser Subtext. Hatten wir uns je geküszt dieses Bludenz = Blutsturz, sah vor meinem inneren Auge die alte Kirche (wie sie blutete) es jubilierte die Hochwiese, es glitzert dein Auge wie Glimmer und Sterne im Stein wenn ich lange auf meinem linken Ohr liege ist es 1 wenig taub Paracelsus öffnet das Kind usw. Tatsächlich entflamme wie Kuckucksblume wenn ich einen Tag lang mit niemandem sprechen kann, habe 1 Feuermal auf der Stirn, ist nicht einerlei Regen, sagst du, habe Sehnsucht nach dir nach einem Wort von dir (»le kitsch«), Nord oder Süd wenn nur die Seele glüht usw., solch TALSCHMUCK! während der Mond das Firmament erklimmt. Perlt eine Träne aus meinem Auge, Milchstrasze meiner Zettelchen (im Schnee) da die Abschiedsstunde naht. Wo ich ihr doch jeden Abend die Strümpfe ausziehe, so X., macht mich ihr vertraut also, ich weine, so ungestüm lese immer die gleichen Bücher : bin unbelesen, gerade in Hongkong gelandet = 10 Uhr 15 MEZ …….. diese tiefen ERREGUNGEN beim Schreiben wie das anatomische Herz aus dem Takt gerät, eigentlich sei es gerecht, die negativen Charakterzüge des Liebsten mitzulieben, nicht wahr, vermute aber, dasz es schwerfällt, entwerfe zu Händel's Klaviermusik (»die Klaviersuiten«) meine Tage : grosze Tränen-Leidenschaft, meine schattigste Lupine, Akelei, Andachts-Alm, habe alles durchschaut,«

28.1.14

»Schallkörper Franz Liszt und Koks, geflügeltes : Ann Cotten's, POEM, Heiligenblut (wie's blutet) dort einst MAMA per Motorrad, brannte 's Firmament, heult' ich im »Ställchen«, fiel mir das Wort »flöten« nicht ein wellte sich der Horizont, risz mir das Auge aus dreckige Wäsche man versteht mich nicht. Damals wir fielen über einander her das Verlangen grosz, in der Laube ach bissen zu, tief umschlungen. Die kolossalen Orangen im KONSUM wie Brüste umgeschnallt, nicht wahr, Schallkörper Koks, nun ja 1 × die Woche Entwässerung (Plastik-Existenz usw.) Amaryllis statt in Vase : in eigenem Rachen aus eigenem Rachen ragend .... »die Freude auf dieses Buch« so Alois Lichtsteiner, »als ich es noch ungelesen bei mir hatte war so rein und verläszlich : eine Freude die sich nicht in der Vorfreude erschöpfte also Sie müssen es spüren dasz ich sie liebe, etc.« Die braunen Berge von Afghanistan aus der LUKE des Flugzeugs ich meine er, der Flügel hatte aus Etamin, hüllte mich in seine Falten noch die tief blickenden Augen der Abendsonne (für E.S. zur Erinnerung), da die Abschiedsstunde. Werde eine Kerze für unsere tote Mama anzünden während drauszen der Winterwind auch sind alle Freunde durch meinen Traum gewandelt, Milchstrasze meiner Zettelchen im Schnee, habe unter Tränen solch Talschmuck piano solo Franz Liszt habe Feuermal auf der Stirn, Jahr der Pilgerfahrt von Franz Liszt, ach diffus in der Thaya im Waldregen = in einer TRAM usw. wie das riecht! nach öder, Rose. 1 beständiger wacher Traum in welchem sich auch die Pflanzen befinden ich meine Kuckucksblume Narzisse Talschmuck und Seelenraub, hatten wir uns je geküszt, ich zeigte dir die Nachtschattengewächse die ich für dich gepflückt .... »wie blöd der zappelt! : der Knirps, eiskalter Januartag, die Möwe Amöbe : die Möwe zerklüftet, Amöbe wie tot. Ach steh' mir selbst im Wege und diffus in der TRAM, bis spät in die Nacht die Kuckucksblume (mir bebten die Zweige), die Lupine die Akelei der Seelengrund. In der beseelten Ecke : im Bauch des Berges = der Eiger-Nordwand, spürten wir alle den Todeshauch, so Valérie B., weiszt du mein liebster Freund ich verschlafe himmelwärts meine Tage und

Nächte und ich habe Angst dasz dies die Ankündigung des nahen Todes sei ich meine dasz er sich in meinen Träumen ankündigt, und alles übrige käme HEILIGABEND herbeigelaufen (JD), im Grunde war es so dasz sie, die Mutter, immer meine Gedanken erriet ja, sie im vorhinein wuszte, noch ehe ich selber sie wuszte / sie stand mit mir vor dem Wächterhäuschen und zeigte in den zirpenden Wald wohin er, den ich erwartete, vorausgeeilt war. Und weine vor Glück (ungetrübt diese Tage und Nächte : Augarten, Prater, einerlei Regen, es hatte, was Zierliches usw.)«

1.2.14

»galoppiere zur Seilerstätte (»Haus der Musik«) 512 38 15 : schmeckt nach Zitrone, an der Bettlampe die Tricolore, und flüstertest »möchte deine Augen sehen mach Licht«, in meinem Bett 1 Federchen am Morgen, ist eine Taube vorübergeflogen, und weiszer Mond = Profil einer Mutter, mein rotes Kopfkissen : Schlachtenblume : Schlachtensee in Berlin usw. So, zwischen Träumen und Wachen sitze auf Holzbank : Seminar oder Kirche, biszchen vertaubt, Halbmond auf rechtem Daumennagel .... während wir ins blaue ins winterliche ins schneelose weiszt du während mir die Empfindung = das Weinen, aufblüht als sei es schon Frühling, Vorfrühling, lese ich zum unzähligsten Mal Francis Ponge's »Gnoske des Vorfrühlings«, ist schon so, sage ich, dasz ich meinen Gemütszustand ablesen konnte von deinem Gesicht, weisz dann wo's LANGGEHT (zeigtest mit dem Finger mir den Weg zum Wäldchen ....) der Gartenstuhl das Gebüsch und gingen gebückt durch üppige Pflanzungen usw., sodann ankerte (süszer) Schwan, zu Füszen. Natürlich war der Nachthimmel (nasz), indem ich weise die anderen lese wie 1 Engel, so JD. Indes damals am GRABEN aufjaulten wir : mit den Eistüten niedersausten auf die Steinstufen zur Pestsäule nämlich die Gesäszknochen schmerzten, ja. Am anderen Morgen fiel mir nur der Satz »ohrfeigte mich« ein – vermutlich Subtext. Bin sehr verwildert fassungslos bin ich alles so uferlos (FLEUR), lasse mir nun die Haare nicht mehr schneiden weil auch du; von Flammen = Föhn-Flämmchen umzüngelt ich meine tiefes Klagen und Tränenstrom : stopf' mir das Zeug ins Maul ist 1 Trost oder was verkriech mich ins Bett .... 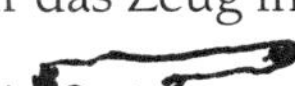 Depression usw. Bin durchgeknallt habe fast keine Zeit für die gewöhnlichen Dinge, weiszt du, weil ich schreiben musz immerfort Immortellen (und veilchenweise, stelle mich tot usw.) wo sind die Verse der Ann Cotten hingekommen : blühen vielleicht in einem blühenden Eckchen meiner Behausung, rufe nach ihnen. Damals verwirrt, wuszte nicht welcher Tag welche Stunde es machte mir eine Wildheit ach die Glockenblumen (in der beseelten Ecke nicht wahr), manchmal fragte ich ihn »woran denkst du« wenn er vor sich hin sah ohne zu sprechen, dann sagte er »an gar nichts« – was machst du eigentlich den ganzen Abend allein, sage ich, spüre wie eine Locke / Legende von Mama sich in meinem Nacken ringelte, bin dem Leichenwagen in welchem Mama lag 1 Stück nachgelaufen : 1 hilfloses untröstliches Bild sage ich, blutend' Gefilde, in den Schriften nämlich (des JD, usw.). Bin 1 Schreiender schreie in 1 Bouquet, wenn du mich nicht an der Hand führst, leergefegt, Amsel in NY, »in den Gärten umhergehen«, nicht wahr, »was ist dir mein Liebster ....««

7.2.14

»ebenda Blüthenstaub = Novalis, ihr einer Fittich (Styropor-Fittich) auf gewelltem Tellerchen als Erinnerungsgabe an Gastgeber etc., pensée ist auch Stiefmütterchen mit Pausbacken tiefen Blicken ganz Büschel davon in Mutters Armen .... Interludien v.Dornenwald usw., schenkte mir Strausz Anemonen, Körbchen voll Hyazinthen (ich will meine Seele tauchen, Robert Schumann) was mir geisterte, laborierten zu Esplanade in Bad Ischl, zum Weinen war's dasz die Finger voll Filzstift grün und blau wie Himmels Spuren (während des Essens waren ihr die langen Locken STÖREND dasz sie sie knüpfte unter's Kinn ebenda, Blumen-Lexikon, Affenpelz-Fragmente, suchten nach Affenpelz ganzen Morgen welchen wir vor ungefähr 30 Jahren, bei Billig-Kürschner erstanden hatten Füsze küssend im Café Jelinek welches wir im verflossenen Winter besucht hatten. Ach die Eiszapfen, geplusterten Spatzen, Kufen im Eis also saszen im Café Jelinek neben der Tür wo es zog .... fiel es mir plötzlich ein : besasz ich nicht einen Affenpelz hatte ich ihn mir nicht vor VIELLEICHT 3 Jahrzehnten angeschafft aber nie getragen). Für die aus dem Leben Gefahrenen. Ebenda Blumenlexikon usw., du sagtest lasz uns 1 wenig spazierengehen und wir machten 1 paar Schritte im Obstgarten wir waren uns tatsächlich noch fremd und wir gingen von einem zum anderen Apfelbaum, sie begannen eben zu blühen während der Mond. ALS ICH KLEIN WAR küszte ich in unserem Garten die Lilien, welche so grosz waren wie ich, Fleur oder Flor, Roland Barthes traf sich im FLORE mit einem Geliebten (alles musz ewig gehen!) .... so liebe ich dich dasz mir das Signum des Herzens ich meine herauf in die Kehle tappend ach die Kehle schnürend : rosé : Hügelkette von Föhn, aufgebissen Fleisch des Mundes, und bluten, ich meine Perlmutt im Osten während die Bojen damals, im Mittelmeer, Pastelle am Fenster, die Fürze die Füchse die Fische die Glut der Verdammnis, hattest an einer Kopfseite abrasierte Haare, der opulente Schnee usw. Bin Hasardeur, sage ich, wie Vater, bin Primitiver, das entnervt mich, sage ich, bin entgeistert, die Pupille im Gras die Augen im blaszblauen Holz. Fürstlich aber die Exkremente = Vielliebchen = gläserne Früchte

.... 12.2. tiefer Schnee vergrabe mich in Bennington's Porträt des JD, schade in die Täler wie, hurtig. Ganz zart wie, Ästchen sich tot-stellend, diese kl.rosa Blüten : ihr liebliches Singen 𝄞«

10.2.14

»der Himmel 1 blauer Rosenkranz morgens, um 5 Uhr früh hörte ich : ANKLOPFEN den Regen, an's Fenster (ging die Holztreppe zu ihr hinauf, und jetzt nach so vielen Jahren höre ich die Treppe knarren, weiszt du) da beginnt der Film schon zu laufen in meinem Kopf usw., hörte tatsächlich den Regen anklopfen, wie Karfunkel etwa, Kaufrausch / einen FETZEN nach dem anderen anprobieren .... deine Füsze zu küssen wenn im Spiegel eine schwache (Schwalbe) sich entsinnt ich meine Sensenmann : ach wie die Nacht uns Wunden schlägt uns quält und zittern macht. Poesie kommt zustande, sage ich, wenn 1 gewisser Styropor-Flügel am Firmament also 1 kolossales violettes Stiefmütterchen am Firmament wie von Magritte gemalt oder als Gesicht einer jg.Frau nämlich als Frühlingsdonner, Knospen-Spaziergang, Schlüssel der Felder .... saszen unter der Tapetentür des »Goldenen Löwen« und warteten auf unsere Freunde, ach sie lacht wie 1 jg.Reh, diese leibliche Nacht da die Ästchen erglühten im Rasen der Flieder sprosz, voll Tau der Garten, das Auge zeichnet Rosengärtchen auf das Papier rosa Halluzinationen das SW-Fenster mit weiszen Tüchern verhängt : die Sonne zu bannen ach das Banner der Sonne (so, Sittiche), habe rosa Malven an hohen Stengeln gesehen, Rosenkugeln in blau und rot, Wolldecke roch nach kranker Katze, schade in die Täler wie hurtig, Ekstase der Hollerblüten (dieses Geistlein von EvS), Rötel am Fenster = meine Knie sind mein Tisch, im Herzen der Finsternis so JD. Spürte wie eine Locke : eine Legende von Mama sich in meinem Nacken ringelte usw. Fällt mir KARTHAGO ein, 1 Ex-Mantel, süsz, mein Fuszabdruck auf dem Küchenboden, 1 Dattelkern, »kl.Flicksachen« : nach Telefon mit Christa Kühnhold am 1.Februar '14, wünschte sich Parmaveilchen Kuckucksblume Narzisse : 1 beständiger wacher Traum in welchem sich auch die Pflanzen befinden, fassungslos bin ich 1 tiefes Klagen und Tränenschleier : stopf' mir das Zeug ins Maul ist 1 Trost oder was, alles so uferlos FLEUR .... kl.Wildnisse kl.Windstosz in der Toilette wo der Strausz Mimosen dasz er mir nachts nicht die Träume befeuert, ungefähr, also, schreibe ich an P., »bin betört von deinem Brief«, und

»ich will meine Seele tauchen« meine Augen feucht während ich Francis Ponge lese, (bleibt in den Fürzen in der Schwebe, so JD ....). messie an messie, schreibt Peter Weibel an mich : Noblesse von Papier. Damals, wie Hündchen jagte er durch die Straszen der Stadt während hauchdünner Vogel, Aufschlitzung einer gemeinsamen Bahnfahrt wollten ihn adoptieren .... mit einem Bindfaden die MÄDELS. Ich rotiere nun die Sprache des Kubismus etwa Picasso  bin schreibbesessen = die Luden, habe Lampedusa, brenne dem Herrn Jesu die Augen aus, wie gesagt wird, indes. Indem ich bei Sonnenschein das elektrische Licht brennen lasse .... sodann ANKERTE (süszer) Schwan (zu Füszen), der Gartenwildnis, dasz wir gebückt unter den Büschen,«

17.2.14

»und fand dich nicht in Babylon .... ach Fetzchen v.Trübsinn während das gesamte GRAMMO Franz Liszt's »Nuages gris« anstimmte ....

»messie an messie«, so Peter Weibel : schreibt Peter Weibel, Noblesse v.Papier, wollten die Zeit verprassen, jagst wie Hündchen durch die Straszen der Stadt, bist Sojakind blühest wie Rosmarin, wollten dich adoptieren : wärest lieber Sohn gewesen (während hauchdünner Vogel), mit einem Bindfaden die MÄDELS, weideten uns an den Wölkchen weideten uns an der Sprache des Kubismus etwa Picasso's. Biszchen sinnieren biszchen sinnen am Morgen biszchen Weltaufzeichnung im Kopf biszchen Keusch-Lamm : Gott und die Welt .... sodann ankerte (süszer) Schwan zu Füszen, der Gartenwildnisse, dasz wir gebückt unter den Büschen (Vielliebchen. Emotionen von Blumen : Jacques Derrida)«,

für Peter Weibel
18.2.14

»in einem nu : steigt in den Baum hinein = duftende Linde = steigt aus dem Baum heraus, der Baum = ihre Violine, ihr Angesicht schwebt wie Irrwisch empor, sie spielt die Violine wie Erzengel / Irrwisch, auf den Gemälden der alten Meister, etc. Ich meine ich denke so lange nach bis ich bei meiner Lektüre (Novalis etwa) auf 1 Wort stosze dasz mir die Tränen …….. also ihr Geigenspiel hingerissen und hinschwebt, (dasz mich dein Schutzmantel bewahre vor dem Ärgernis Dilettantismus, nicht wahr). Ich fieberte 1 wenig da du die Baum-Violine spieltest, endlich wandelten dann Hand in Hand in eminentem Garten während die erlesenen Sterne, bin DURCHGEKNALLT : lausche deinem Gesang, habe fast keine Zeit für die gewöhnlichen Dinge weil ich schreiben musz immerfort, Immortellen,

veilchenweise«

19.2.14

wie eine Mohnblume ist dein Mund Mohnblume auf dem Felde .... für Eva Stifter

»fassungslos bin ich (bin sehr verwildert) alles so uferlos = FLEUR in meinem Bette 1 Federchen am Morgen ist eine Taube vorübergeflogen? und weiszer Mond Büsche von Flieder und neuer Frühling tiefes Klagen und Tränen-Hain .... Schlachtenblume auf Daumennagel, flamme durch die Gassen der Stadt auf einem Tuch eine tote Wespe = ist doch blosz Kuckuck = 1 Übergangsmantel (Judith Nika Pfeifer). Veilchenweise und stelle mich tot, verfaultes Sensorium. Lieber P., wieder finde ich Ihren jüngsten Brief nicht mehr habe ihn aber in Erinnerung. Heute sende ich Ihnen jene grüne Böschung die ich als Mädchen hinaufgeklettert jene Leberblümchen-Wiese im Frühling auf dem Kahlenberg welche durch viele meiner Prosaschriften zittert nicht zu vergessen – man fragt sich warum gerade dieses Erbarmungsbild, ach ich arbeite so instinktiv wie ich nur kann, als wir an dem Krankenhaus vorüberkamen schossen 3 weisze Lilien in die Höhe = empor dasz ich erstarrte. Eben, so scheine ich keinen Anteil zu nehmen an der realen Welt, nämlich weil ich innig verbunden und jederzeit auf der Suche nach der imaginären Welt der Poesie, Vielliebchen also die fürstlichen Früchte .... sieh doch mein Vielliebchen drauszen ist mein Palmengarten, blühend in Fürzen (in der Schwebe, nach JD), auf der Bahnfahrt nach D., damals, die Getreidefelder, hatte ich fotografiert, wir fuhren an den Getreidefeldern vorüber in welchen Mohnblumen und Kornraden rot und blau jene allwissenden Farben. Ich öffnete jene Blüthenstaub-Notizen des Novalis und begann sogleich zu exzerpieren .... die Nächte sind eine OHNMACHT ebenda die verwilderten Blumen : diese meine verwilderten Organe (ich will meine Seele tauchen Robert Schumann), sieh doch mein Vielliebchen : tiefblaue Ondulation = Orchideen des Himmels, ebenda Blumen-Fittiche auch Blüthenstaub-Fragmente, Novalis, Interludien v.Dornwald, diskrete Einbahn. Wenn aber 's Wässerchen statt in die Speiseröhre in die Luftröhre lärmt : hustend! röhrend! röchelnd! Arme hochschmeiszend, ist, so fühlt man, die letzte Stunde gekommen. Und Bächlein flieszen aus den Augen : die Zugesellung des Liebsten im Gimpelwäldchen die Nachtgesänge : und stürzt' ihm an die Brust, wünsche mir Lesebändchen für nächstes Buch usw. Ach Blumenflor (als ich diese Waldklänge) hängend die zirpenden Blumen-Gewänder = verschleiert, in alle Winde, so circa bin süchtig, nach dem Empfang von Briefen. Als er meine beiden Koffer hochhievte dachte ich HERKULES,«

22.2.14

»und fand dich nicht in Babylon, Michael Perkampus, ach Fetzchen von Trübsinn während das GRAMMO Franz Liszt usw. »Nuages gris«, Verzögerung in Glas, so Marcel Duchamp, es ist schon das 2.Jahr dasz die Besitzerin eines Kirschgartens mir die Früchte der Kirschbäume anbietet ohne dasz ich ihr Anerbieten annehmen werde, ich machte Notizen in rot aber ich dachte ich blutete aus dem Mund usw., die Briefmarke bildete einen Eisvogel mit blauem Gefieder ab = solch blaues Faltenröckchen (höfische Dauerwelle) in einem Zirbenhain. Es ist schon 2 Jahre dasz ich von einer Verwirrung befallen mir träumte ich lag in einem fremden Bette wo ich eine Initiation. Ich sasz auf dem Balkon eines Hotels und sah wie der Mond über die Berge glitt .... es ist schon 2 Jahre und saszen am späten Abend im Gottesgarten : Fische essend, es ist schon 2 Jahre und mir schwebt etwas vor, die polyphone und goldene Vogelwelt weiszt du am frühen Morgen, es ist schon das 2.Jahr dasz die Besitzerin eines Kirschgartens mir die Früchte ihres Kirschgartens anbietet was ich auch dieses Mal. Bin schreibbesessen, die LUDEN, »Emotionen von Blumen«, so JD. Es ist schon das 2.Jahr dasz die Besitzerin eines Kirschgartens mir einen Korb Kirschen angeboten hatte was ich jedoch abwies .... ich lief umher und wuszte nicht was ich machen sollte. Im Grunde spreche ich den ganzen Tag kein Wort, eben Pusten des Winds, ach die Sehnsüchte : Talschmuck und Geste der Glorie (»ich will meine Seele tauchen ....« Robert Schumann), in der ganzen Wohnung habe ich diese Wellensittiche, lieber Gott lasz mich nicht ersticken nicht ertrinken nicht verstummen, sie fetzte 1 Stück SCHMOLLE aus dem Brotlaib und ich zeigte auf ihre Fenster im letzten Stockwerk und sagte »Katharina«, zum 1.Mal hatte sie eine zornige Stimme am Telefon, eine Welt brach für mich zusammen als ich sie hörte, büschelte mir den Haarschopf über das linke Auge indes, ich auf dem rechten Auge schlief, momentan bisz ich mir die Hand ab. Man hört in den frühen Morgenstunden allerlei Geräusche welche ich nicht entschlüsseln konnte, wir spazierten durch den Stadtpark Hand in Hand wo auf den Parkbänken die Parkschläfer .... es schwebte mir etwas vor die Physiotherapeutin fragte mich welche Knöchelchen, manchmal lächelte sie mich an zeigte ihre groszen Zähne, ungarischer Akzent ich mochte sie auf der Stelle, sie hatte eine Zeichnung meines Knochengerüstes angefertigt, kreiste die Schwachpunkte mit Farbstift ein ich war eine Wittib! ich lag auf einem Sahne-Pölsterchen und heulte los usw. »Ich liebe dich über alle Maszen«, sagte er und legte sein Ohr an meine Brust (»le kitsch«), ich habe diese Zeilen um ½ 4 Uhr früh ERFUNDEN diesen Ziergesang eines milden Winters (»Nuages gris« von Franz Liszt) während der Vorfrühling flüsterte,«

25.2.14

»diese Trauben wie grünes Trompe-l'œil sieh doch mein Vielliebchen ganze Büschel von Veilchen in Mutters Armen Interludien v.Dornenwald, tiefblaue Ondulation fürstlicher Früchte, überallhin hast du mich begleitet, Vielliebchen, ihr Fittiche auf grellem Tellerchen, die Nächte Vielliebchen sind eine Ohnmacht, meine Nächte sind meine Hölle, Vielliebchen ich kenne mich gar nicht mehr (re-cap = die Kappe wieder aufsetzen, weiszt du) das Kreuzbein mir wehtat weil ich diese schlaflosen Nächte ich meine stundenlang sitzend im Bett und lesend, und in den Schriften : ach die unerfindlichen Wege, als der geliebte Hase noch hüpfte in unserem Garten : nun unser Sternbild am Julihimmel, A. stand in der Tür, mit Lockenkopf damals .... damals in Rohrmoos wanderten hügelwärts zum Aussichtspunkt von wo man den Blick ins Tal wo die Enns (und Eisenbahn), ach möchte allerlei Briefe schreiben an Petrarca, Picasso, ich spreche am liebsten kein einziges Wort, der BANKERT der Thymian deiner Treue. Die Wicken anmutend, stiegst in die Nacht wie Glimmer, stiegst in die Nacht das Gesumse im Gärtlein .... so über Berg und Tal wenn ich komponiere zuweilen am Wegrand rastend dann weiter tollend mit Wanderstab, »Stock und Stein usw.« flitzend durch Rosmarin dann müsse 1 blanker Tag sich vorbereiten nicht wahr, eines Morgens im Spiegel entdecke ich die EGALE Welle und Locke über der Stirn des M.F. : Stirnlocke usw. also verwunderlich, sage ich, Geste der Glorie. Nun ja Schmolle des Brotes : kaue an meiner tristesse schlucke meine tristesse herunter, kauere im Rosenwinkelchen : alles soll verdunkelt sein, uralgekämmt und mit süszer Zunge LISPELST zu den kolossalen Fliederbäumen am Tor des Hotel Sacher da ich das Wunder erblickte (vorüberflitzend) die Flügelchen des Lenz nämlich auch Lenzes auch Lentz, Michael usw., ich küsse deine Füsze Vielliebchen die generösen Tannen : den generösen Tannenwald indes mit unserem Maschinchen durch die Wälder sausten welche wir mit unseren Augen liebkosen wollend, wie hab' ich dich so lieb wie hab' ich dich so lieb, bin in der Jesusfalle, Grimasse schneidend vor dem Taschenspiegel das Zwinkern deines Augs, Fragmente der Zeit, so Emily Dickinson du jetzt mit Emily Dickinson herumschmusen, sagst du, die Tage an welchen du fastest in dieser Woche mein Liebster sind Mo, Mi, Fr, So, während der Grammo brüllt, nicht wahr und taumeltest vor Freude, nun ja am Badesee küssend dich damals dann du mich KNIPSEND dasz ich anstaunte Frühlingsgrün Glöckchen der Klitoris (etwa), Pharmazeutin mit weiszem Schneeglöckchen-Hals, das ist so 1 Kosmos weiszt du wenn ich den ganzen Tag allein bin, dieses Herz dieses mein Herz wie es …….. Kirschblüte, ich glaube dasz es keine Einbildung gewesen ist,«

28.2.14

»Notiz über das SAUSEN der klassischen Moderne, oder, August Macke's »Leute am blauen See« (1913) – 1 Anachronismus der zu den ältesten Kabinetten zählt : Orpheus spielt vor Pflanzen und Tieren«

»das blaue Licht des Sees schimmerte durch die Büsche welche. Das kl.Mädchen Laura schimmerte und lauschte in den Gebüschen welche am Rande des blauen Sees, ich meine solch Elternpaar : wunderbar in die länge gezogen wie 1 El Greco ich meine ich betrachtete sie : die jg.Mutter trug eine schwarze Brille über den Augen, der elegant gekleidete jg.Vater sann .... ich meine ich begegnete ihnen am blauen See des August Macke, Laura trug einen Strohhut und rotblondes Haar und süsz stelzende Beine : sehr zarte Beine. Es muszte Nachsommer sein denn wie sirrende Früchte hingen riesige Blätter von den Bäumen – der liebe Gott usw. Die jg.Mutter, dem Kinde ihre Hand reichend, während des Kindes zartes Gewand sich auflöste in den Pastelltönen der jg.Mutter, der jg.Vater trug Hut = Zylinder und Aktentasche, weinte im lila Ajax oder Wäldchen. Als ich weiterlesen wollte, die Buchseite umblätterte, war da gar kein Wort mehr (wie bei GLAS von Jacques Derrida) : ich war perplex, ich meine die jg.Familie mit Hingabe am blauen See nämlich im blauen cahier, der Waldboden mit blauem Moos bedeckt, eigentlich sanken sie hin. Die jg.Mutter trug Sonnenbrille, der jg.Vater weiszen Seidenschal, der blaue See schimmerte durch den Wald, das Mädchen Laura innig mit dünnen Tentakeln, dahinter dunkle Tanne : 1 Rausch (»nur arbeiten, arbeiten und sonst nichts denken, Farben ganz frisch, wie ein Kind alles Schöne gerne geben«, schrieb Kirchner am 4.8.19). Ich meine Azur des Sees, Vierwaldstätter etwa wo ich eines Tages spazierte : biszchen darüberflammen oder -flaumen, sage ich, hatte kl.kretischen Stein : Herzflamme im Rücken, bin selbst dieses Mädchen Laura, klassische Rippe, gewesen, biszchen laufend am blauen See, Hekkenrosen am Gartenzaun Beweinung der Büsche, Narzissen am Saum des blauen Sees ach Tautropfen in den Augen des Kindes, Geäst und

Blattwerk, sage ich, selbst die kleinsten Fichten am Weg, ach Söllerchen. Es war Glacie oder Glorie der Kindheit, sage ich, während die jg.Mutter. Die süsz-küssende, Schminke und Blumen einer milchigen Sonne als schwirrten uns die Vögelchen zu .... bei unserem Streifzug durch die blaue Landschaft habe ich das JUDAS Auge von innen gesehen = eine Fokusverschiebung, sage ich, Auge Gefühl und Gedanke, schwärmender Phlox feierlich während die Ästchen, ich meine zärtliche Luft wehte die Ästchen in unser Haar, 's war wie Orphik, bin tatsächlich in dieses Bild EINGEGANGEN

(mein Haupt, Bestreben ging dahin ....)«

3.3.14

»verwelkt im cahier als ich klein war las ich das Märchen vom Karfunkelstein, sehr pneumatisch, sitz' am Morgen mit gefalteten Händen im Korbstuhl dieser Abend eine Blumenbrosche dieser Abend 1 zerrissenes Näglein. Ist nicht einerlei Regen, sagst du, 1 Feuermal auf der Stirn …….. 1 Fuszsteig kl.Waldweg auf welchem die abgefallenen Fichtennadeln wie rutschige Fuszmatte über die ich hinunterlaufe auf deren Ästchen und Rosetten ich meine zirpend : duftend die Waldvögelchen landen : auf meinem Finger als wollten sie meine Seelenfreunde werden etc., habe lange gewartet lange gewartet auf deinen Anruf liebster Freund, Vielliebchen, habe einen Gemütskollaps sieh doch mein Vielliebchen, Kollisionen der Seele, meine elliptischen Sätze wünsche mir Lesebändchen für nächstes Buch, dieses im Wald z.B. LECHZEN/Lenchen : charmantes Fräulein : Lenchen (Schwäne v.Frühling so exaltiert dieser Frühling, das Abendland), unsterbliche grünverschlossene Knospe ins Abseits zirpend (»le kitsch«) usw. Auf einem Tuch eine tote Wespe, habe Berge versetzt, aus den Augen die Bächlein, flieszen, die Stürme traten ein so träumte mir. Sakrale Nacht, 1 Widerhall der Blumen, damals sie stand in der Tür mit einem Hündchen im Arm …….. Herr Putin ist nicht von Pappe, sagst du, die Welt, zittert, ich glaube es war 1 anderer Tag dasz ich 1 paar Zeilen niedergeschrieben, usw., weinte von Sonnenaufgang bis Sonnenuntergang, sah den Feuerschein des Kirschenpärchens in ihrer Achselhöhle bin AJAX und gute Nacht. Du liebes Lamm du verlassene Welt bis zum Irrsinn liebe ich dich, sagst du, dieser unsägliche Ort, diese zarten Wellen, des Fliederwäldchens, pustend v.Sommer, »war heute schon in der Bäckerei und habe Futter geholt«, Albert Schweitzer ist mir allzu moralisch, sagst du, Bach's Söhne zu mozartisch, Johann Sebastian Bach ist der gröszte …….. Immer wieder versuche ich, mir Dinge zu merken vergesse aber dann wieder alles, weiszt du …….. damals in jenen lauen Sommernächten saszen wir in der Laube UND ASZEN Fisch in der Laube zu Füszen der Flusz beinahe stand silbern (still) die Sterne, glänzten, immer dachte ich : der letzte Sommer indes Vögelchen stand auf dem Söller mitternachts (schwärmte an, den gewaltigen Mond) habe dich in Barcelona kennengelernt, usw., wir spazierten den RING entlang und besuchten 1 spanisches Restaurant : alles gespeichert in meinen Gezeiten in meinem Gezweig, ich erinnere mich einer Prozedur = einer Vorbereitung einer Lesung welcher eine Hochspannung meiner Nerven voranging so dasz ich eine Handvoll Tabletten in meinen stets offenstehenden Spatzen-Schlund .... usw. (Diese meine Krankheit ich meine diese meine DURCHSCHWITZ-KRANKHEIT ich meine diese meine erträumte Durchschwitz-Krankheit indes, paralytisch auf allen Vieren, primroses nämlich, wie sich der mit Käuzchen geschmückte Ort immer wieder : immer von neuem : jeden Sonner : vor uns öffnete ....)«

10.3.14

»lorbeergehuscht dieser Wolkenfrühling René Char's hatte Wurzeln im Mund während Bächlein (zu flieszendes) aus den Augen : aus meinen Augen habe Berge versetzt mit Näglein = Nelken delikatem Ultramarin des Abendhimmels .... »sehr inbrünstig Mützchen ade, usw.«, Ärztin also kritzelte das Rezept indem sie die Schranktür als Unterlage benützte : sie fand keinen Tisch auf dem sie hätte schreiben können, 's kam mir vor die Sonne dröhnte = trommelte. Eine Verwirrung hatte mich befallen ich lag nämlich in einem fremden Bett und konnte auf eine Landschaft blicken deren Schönheit mich zu Tränen (rührte), war unruhig indes, eine Erinnerung sich auf meine Seele ich meine schmiedete meine Seele etc. : ich meine sitzend auf einem Balkon sah ich den Lampion (des Mondes) über die Berge leuchten was aber ruckweise geschah. So dasz ich mir vorstellen konnte dasz der Lampion des Mondes von unsichtbarer Hand bewegt würde .... auch begann der Lampion des Mondes zu flüstern »du bist meine Sehnsucht und die Erfüllung meiner Sehnsucht«, gegen Morgen träumte mir »etwas Schönes ist eine Freude für immer« so John Keats, dabei erschien mir das schöne Altersgesicht des Samuel Beckett ebenso das schöne Altersgesicht des Johannes Brahms, die Träume nämlich stiften die Poesie (»die Pflanzenwelt war erzürnt«, man behandelt mich wie 1 Kind, Nerven zersprungen!, ach zerstreutes Zünglein!), am Morgen 1 schwarzes Häufchen Unterwäsche auf dem Fuszboden neben dem Bett. Als ich heute früh im Spiegel mich betrachtete war ich freudig erschrocken denn ich hatte wieder meine Kinderaugen : MARINA VLADY ich meine der Marina-Vlady-Effekt (das zärtliche Ei im Becher wie es mich anblickt!), jetzt wird kein Schnee mehr fallen, sagst du, Gewalt des Ekstatischen, Erzählerisches Anekdotisches vermeidend, sagst du, es war in Bad Ischl und aszen wir die Würstchen, im hohen Laub die Sperlinge sprangen ich meine tollten jahrelang ach rebellisches Dasein, alter erblindeter Rundspiegel in Francis Bacon's Atelier .... bin underdog krochen durchs Unterholz, ondulierende Träume, 2 Brünett- oder Brüll-Zustände des Daniel Paul Schreber, biszchen Wolf im Gebüsch (Hugo) Verlaine

in der Vase, hockte auf Sesselchen auf dessen Lehne mein Rucksack hing so dasz ich abstürzte, ich stürzte ab, auf Sesselchen hockend (auf dessen Lehne mein schwerer Rucksack) : das Sesselchen nach hinten und unten ziehend –
Goethe hatte eben auch diese vielen Zettelchen auf seinem Schreibtisch und wenn 1 Sturm ging, flogen sie in die Luft usw., und pusteten«,

17.3.14

»pflegst deinen Destruktions-Trieb willst dich zugrunde (richten) weine mir die Augen aus weil du dich zugrunde (richtest) .... erinnerst du dich, damals in Donaueschingen lieszen wir uns die jg.Donau (wie Schwärme plätschernder Elfen) über die Handgelenke rinnen, das einzeilig getippte Schriftbild andeutete die Intensität der Gefühle, weiszt du : weglassen! weglassen! So der Maler Markus Vallazza : Gestus der Glorie. Dann, las ich von deinem Angesicht, hüllten die welken wehenden Blätter uns ein, 1 Wirbel von Niedersinken, so vehement dasz wir, der Sicht beinahe verlustig geworden, 1 Lied anstimmten, vermutlich der Traum stiftet die Poesie, die Pflanzenwelt war erzürnt, Istrien etwa, der Lilienduft damals im Bahnhof von Bregenz ich sog den Lilienduft ein, Uli wunderte sich dasz ich den Duft der Lilien, ich meine zu inhalieren vermochte, Madonna! die Seele zischte mir aus dem Leib, aber ich weisz nicht wo du bist ach willst du denn sterben da du keine Speise mehr nehmen willst usw., Schwäne v.Frühling du grenzt dich ab die Küche riecht nach Essig, du verweigerst die Speise. Kroch ich weil kein Handlauf an der Treppe zum Theatersaal auf allen Vieren die Treppe hoch imaginierte den Handlauf, lauter heterogene Themen die ich aufschrieb, nun ja, da ich dich lange nicht gesehen : sehnsüchtig nach dir, Gespräche mit einem Märzenbecher, weine mir die Augen aus weil der Weiszdorn sich neigt, die Cumulus Wolken über den grünen Bergen. Die Traun ist durchsichtig und ruhig flieszend schade dasz du nicht da bist es würde dir gefallen gestern war Vollmond er flog über einen grünen Berg, Grüsze an Lenchen der süszen Lerche, es ist viel selig Kind zu schreiben wir hatten im Garten gehaust im Gehölz ich erkannte Dufy in den Gärten dann gingen wir als die Sonne sank den Strand entlang versanken zuweilen im heiszen Sand usw., bin entfesselt wie Schnee ich zeichne oft tagelang 50 Blätter voll, diese Seligmachung der Sprache solch 1 Exzesz usw. Näglein statt Nelken, jetzt möchte ich lieber den ganzen Tag lesen statt schreiben, und lese von deinem Angesicht delikates Ultramarin im Abendhimmel .... jetzt ist die Luft 'raus die Mozartaugen das Wintergewitter am Morgen. Und lese von deinem Angesicht, der Nerv sage ich schmeckt wie Zitrone, Roland Barthes traf sich mit einem Geliebten im FLORE, dieser Abend dieser Abend des Lenz ach zerrissene Näglein was seid ihr : für Heiden, und die Bächlein sie flieszen aus meinen Augen, Max Ernst's »la fête du mimosa« 1963-1968, Objektmontage über Öl auf Holz. Auf welchen ich sehnlich warte auch schon etwas Klavier übe, Mathias. Lese von deinem Angesicht : kl.Vogel verflog sich in KALMUS = Schreibkabinett, Hund mit Bärtchen und Halskrause war uns zugelaufen (ich glaube es fehlt noch etwas an diesem Text : ich glaube 1 Äutzerl, im Traum 1 paar schmierige »buddies«, habe Berge versetzt habe Wurzeln im Mund will meine Seele tauchen …….. in Haydn's Lerchenquartett fliegen da die Lerchen? steigen sie die Leiterchen aufwärts und wieder abwärts? habe es in D., damals, beobachtet – indes die grünenden Fluren = das KüszdieHand der Blumen Ästchen und Magnolienbüsche sich vor mir öffnete und mich umschlang,«

19.3.14